PAULA CRANFORD

VÖGELLAUNE

EROTISCHE GESCHICHTEN

W0229420

www.blue-panther-books.de

BLUE PANTHER BOOKS TASCHENBUCH
BAND 2204
1. AUFLAGE: DEZEMBER 2014
2. AUFLAGE: SEPTEMBER 2016
3. AUFLAGE: SEPTEMBER 2017

VOLLSTÄNDIGE TASCHENBUCHAUSGABE
ORIGINALAUSGABE

© 2014 BY BLUE PANTHER BOOKS, HAMBURG
ALL RIGHTS RESERVED

LEKTORAT: NICOLA HEUBACH

COVER: © KONRADBAK @ FOTOLIA.COM
UMSCHLAGGESTALTUNG: WWW.HEUBACH-MEDIA.DE
GESETZT IN DER TRAJAN PRO UND ADOBE GARAMOND PRO

PRINTED IN GERMANY
ISBN 978-3-86277-474-6
WWW.BLUE-PANTHER-BOOKS.DE

INHALT

MIT DEM GUTSCHEIN-CODE

PC1TBRTDM

ERHALTEN SIE AUF **WWW.BLUE-PANTHER-BOOKS.DE** DIESE EXKLUSIVE ZUSATZGESCHICHTE ALS E-BOOK IN DEN FORMATEN PDF, E-PUB & KINDLE (MOBI). REGISTRIEREN SIE SICH EINFACH ONLINE ODER SCHICKEN SIE UNS DIE BEILIEGENDE POSTKARTE AUSGEFÜLLT ZURÜCK!

HAUSDAME

Im Herbst vor zwei Jahren passierte mir etwas Außergewöhnliches. Im Oktober an einem Donnerstag. Um genau zu sein, passierte es mir nachmittags zwischen fünfzehn und siebzehn Uhr. Ich kann mich bis heute an alles ganz genau erinnern, was an jenem Nachmittag geschah. An die körperlichen Details sowieso. Aber auch an jedes einzelne Wort, das in diesen zwei Stunden gesprochen wurde.

Warum ich mich an alles so genau erinnern kann? Weil ich an diesem Tag das nicht nur ungewöhnlichste, sondern auch das absolut geilste Sexerlebnis meines Lebens hatte. Sex, der vermutlich nie mehr zu toppen sein würde. Sex, der einem noch Jahre später in der Erinnerung den Schwanz hart macht. Sex, an dem man sich auch dann noch erregen kann, wenn man komplett unbefriedigt ist und der einem warme Gedanken macht, wenn man allein in ein kaltes Bett kriechen muss.

***

An jenem besonderen Tag war ich für eine Lieferung in die Vorstadt eingetragen. Aber während ich den Hänger mit den schweren Gewächsen belud, pfiff mich mein Chef zurück.

»Das kann warten. Du musst auf jeden Fall erst zu dieser Kundin.« Er drückte mir einen Bestellzettel in die Hand. Die Adresse sagte schon alles.

Ich kannte die Auftraggeberinnen dieser Gegenden. Würde ich sie beschreiben, fielen mir sofort drei V-Worte ein: vermögend, verwöhnt, verschwenderisch.

Das waren solche Damen, bei denen immer alles ganz wichtig war, alles schnell gehen musste und Geld keine Rolle spielte. Es handelte sich fast ausschließlich um gelangweilte Ehefrauen von reichen Ehemännern. Aufgrund des Auftragsvolumens konnten die sich einen Ton erlauben, der mir nicht gefiel. Sie durften sich eine anmaßende Art herausnehmen, die bei mir nicht gut ankam. Aber mein Chef liebte diese Kundinnen, und ganz besonders liebte er das Verschwenderische an ihnen.

***

Die Wunschliste war lang und der Auftrag somit äußerst lukrativ. Mein Chef setzte voraus, ich würde die Wünsche der Kundin umgehend und zur vollsten Zufriedenheit erledigen. Ich lud die bestellten Gewächse auf und fuhr damit in die beeindruckendste Gegend der Stadt. Ich hielt vor dem schönen Anwesen.

Die Dame des Hauses ließ sich Zeit mir zu öffnen. Viel Zeit. Zu viel Zeit.

Bloß keine Eile, Madame, dachte ich mit wachsendem Ärger. *Ich habe ja sonst nichts zu tun, außer darauf zu warten, dass mir hier gnädigerweise die Tür geöffnet wird!*

Als die schwere Eichentür endlich nach innen schwang, stand weibliches Personal vor mir. Damit hatte ich nicht gerechnet. Überrascht betrachtete ich dieses in blütenreinem, weißem Kittel gekleidete Mädchen und wünschte spontan, Herr des Hauses zu sein. Denn dann dürfte ich dieses zum Anbeißen gut und sexy aussehende Personal wahrscheinlich jeden Tag vernaschen. Das Hausmädchen blickte mich zutraulich an, klimperte kokett mit langen schwarzen Wimpern über blitzenden grünen Augen und ihr dunkelrot geschminkter voller Mund öffnete sich zu einem hinreißenden Lächeln. Die Spitze ihrer Zunge züngelte dabei für einen Moment zwischen strahlenden Zähnen durch und zielte direkt auf mich.

Ich folgte ihren einladenden Hüftbewegungen durch das glamouröse Heim, vorbei an teuersten Möbeln und wertvollster Dekoration, bis in den Garten. Dort lag die Dame des Hauses in höchst aufreizendem, definitiv zu knappen, Bikini auf einer luxuriösen Liege und ließ sich die Sonne auf die bronzefarbene Haut scheinen. Sie wandte nur ganz leicht ihren Kopf zur Seite, als mich das Mädchen mit zarter Stimme ankündigte, und blickte zu mir hoch. Ihre Augen blieben mir dabei hinter den Gläsern einer großen Sonnenbrille verborgen. Ihren Körper hatte sie im Gegensatz dazu sehr freizügig enthüllt und obwohl ich vermutete, sie musste älter sein, sah ihr Körper jünger aus. Der Bikini war ein Hauch von Nichts. Das Oberteil war anscheinend bewusst für den Umfang ihrer Brüste zu klein gekauft und auch das Unterteil nicht groß genug gewählt für die Ausdrucksstärke ihres Schoßes.

Sie setzte sich auf, ließ sich angemessen gelangweilt den Lieferschein zeigen und unterschrieb ihn, ohne den einzelnen Posten prüfende Aufmerksamkeit zu schenken. Aber natürlich kam es auf die Summe im Ganzen ja auch gar nicht an. Der Gatte wollte doch vermutlich seine Frau glücklich sehen – und je glücklicher sie war, umso geiler durfte er sein. War es nicht so?

Sie drückte mir den Lieferschein zurück in die Hand und erhob sich. Ohne ein Wort zu sagen, schritt sie grazil vor mir her, auf hohen silbernen Hacken. Bei jedem Schritt schien ihr Bikiniunterteil noch zu schrumpfen. Ihre Arschbacken lockten mich wie ein Magnet und ich folgte ihnen, wie magisch angezogen, durch einen Garten, für dessen beachtliche Schönheit ich kaum einen Blick übrig hatte. Mit lässigen Handbewegungen zeigte die Dame auf die Stellen, die bepflanzt werden sollten, doch meine Konzentration ließ mehr als zu wünschen übrig angesichts so viel geilem Arsch. Aber ganz ehrlich – ich hatte schon viele Ärsche in meinem Leben gesehen und etliche davon waren geil gewesen. Aber der hier war absolute Spitzenklasse! In der richtigen Größe, der richtigen Form. Wahrscheinlich half ihr der Personal-Trainer täglich dabei, so einen knackigen Arsch zu bekommen.

Erst macht er ihn ihr knackig und dann vögelt er sie wahrscheinlich da rein … Meine Fantasien nahmen ungalante Formen an.

Hin und wieder wandte sie mir ihren Kopf zu, während wir durch den Garten gingen, aber ich wusste nicht, ob sie mich dabei direkt ansah, denn ich konnte ihre Augen hinter der dunklen Sonnenbrille einfach nicht ausmachen. Deshalb rutschte mein Blick in ihr Dekolleté. Irgendwohin musste ich ja gucken. Zufrieden registrierte ich, dass mein Blick etwas ausrichtete und zumindest von den Brustwarzen erwidert wurde, denn die richteten sich auf und stachen durch diesen hauchdünnen Bikinistoff wie kleine, spitze Dolche mit abtrünnigen Hintergedanken.

***

Ich schleppte bis zum Mittag ganz genau siebenundzwanzig Gewächse in den Garten zu den angewiesenen Stellen und arbeitete wirklich hart. Ich wäre schneller gewesen, hätte mich ihre in regelmäßigen Abständen beglückte Anwesenheit nicht immer wieder aus meinem Arbeitskonzept gerissen. Die Dame des Hauses inspizierte jedes eingepflanzte Gewächs sehr genau und ließ mir dabei Zeit, sie selber sehr genau zu inspizieren. Ihr Bikini schien sich mehr und mehr aufzulösen und war schon längst nicht mehr dazu geeignet, ihre voluminösen Formen im Zaum zu halten. Die Titten schienen tatsächlich noch größer zu werden. Die Dolche darauf verhielten sich geradezu aggressiv, und dann dieser einzigartige geile Arsch … zum Greifen nahe. Ich fühlte, wenn sie fühlte, war kurz davor, mich nicht mehr beherrschen zu können. Dann ließ sie mich wieder allein mit den Pflanzen und den Fantasien.

Als die Sonne am heißesten schien, rief die Dame des Hauses mich zu sich. Auf dem eleganten Tisch der Terrasse standen verschiedene Fruchtsäfte und sensationell belegte Baguette-Häppchen. Dazu gab es grüne und schwarze Oliven, raffiniert gefüllt. Meine mitgebrachten Butterbrote waren geradezu armselig dagegen und ich dachte nicht zum ersten Mal an diesem Tag: So unangenehm war es gar nicht, für eine drei V-Worte Kundin zu arbeiten.

»Machen Sie mal eine Pause. Entspannen Sie für einen Moment«, schlug sie mir vor.

Ich setzte mich ihr gegenüber hin und bemühte mich vergebens, nicht ständig auf diese Brüste zu starren, die aussahen, als würden sie jeden Moment ernst machen und aus dem Bikiniteil springen. Als sich ihr Mund öffnete, mit diesen vollen, geschwungenen, roten Lippen, und ihre makellos weißen Zähne in eine schwarze Olive bissen, bekam ich einen Steifen. Als sie mit ihrer rosafarbenen Zunge die Olivenstücke in den Mund hineinsog, fing es an, in meinen Hoden zu ziehen, so als hingen Lippen, Zähne und Zunge bereits an meinem Geschlecht. Sie beugte sich vor, um mein Glas mit dunkelrotem Saft zu füllen, während das Mädchen neben mir stand und mit einer goldfarbenen Zange die Eiswürfel dazu gab.

Ich konnte sie riechen, beide Frauen, und beide Düfte waren jeder für sich absolut erotisierend. Aber das Gemisch daraus war wie eine sexuelle Verheißung. Ich stürzte den Saft herunter, griff nach den Baguette-Häppchen, gleich mehreren gleichzeitig, und stopfte sie mir nicht besonders manierlich in den Mund. Die beiden Frauen beobachteten wohlwollend meinen gierigen Appetit.

Vielleicht hatte ich gehofft, im Zenit der Sonne würde etwas passieren. Aber die Dame des Hauses verging sich weiter nur lüstern an den Oliven und das Mädchen neben mir blieb einfach stehen. Nichts sonst geschah. Nur das erotische Flirren, das in der warmen Herbstluft lag, erschwerte mein Atmen und legte meine Gedanken lahm.

Ich bedankte mich schließlich brav für diesen ganz hervorragenden Snack und machte mich wieder an die Arbeit. Keine der Frauen hielt mich davon ab. Grimmig stieß ich den Spaten in die Erde und meine Geilheit musste ich mir durch die Rippen schwitzen.

***

Bei ihrer nächsten Inspektion kam mir die Dame des Hauses sehr nahe. Ihre Brüste streiften meinen Arm, als sie sich vornüber beugte, um den zuletzt gepflanzten Busch anzufassen. Der Dolch ihrer linken Brust stach dabei in meine Haut und ich musste mit beiden Händen den Spaten umklammern, weil ich sonst in ihre Titten gegriffen hätte. Ihr Arsch wackelte dicht vor meinem Unterleib und ich wusste nicht, wie ich es schaffte, sie nicht einfach an mich zu ziehen, meinen Reißverschluss aufzureißen und mein Teil zwischen diese Backen zu rammen. Doch wieder ließ sie mich allein und ich kam zu der Erkenntnis, dass sie wohl nur ein Spiel mit mir treiben wollte. Ein kleines, verdorbenes Spielchen einer verwöhnten, gelangweilten Ehefrau mit einem gut aussehenden, potenten Gärtner.

Ich beschloss, diese Art von Spielchen zu ignorieren. Hatte ich das nötig? Natürlich nicht – auch wenn ich gern mitgespielt hätte. Aber deshalb musste ich mich noch lange nicht hier zum Affen machen. Ich schaffte es sogar, mich für kurze Zeit auf meine Arbeit zu konzentrieren. Bis ich durch einen Laut aufmerksam wurde, der absolut eindeutig war. Ich setzte den Spaten ab und lauschte, bog die Zweige zur Seite und sah zur Terrasse herüber. Da kniete diese vornehme Frau doch vor ihrer blutjungen Angestellten und öffnete Knopf für Knopf deren Kittel! Nach jedem Knopf strich sie kurz über das neue Stück entblößter Haut und erzeugte damit einen sehnsüchtigen Laut, der mich magnetisch anzog.

Unter dem Kittel war das Mädchen nackt. Ihre Brüste waren klein und fest, wie harte Birnen geformt, die Brustwarzen zeigten nach oben und ihre Pussy war vollkommen rasiert. Ich konnte sogar die schmale Spalte darin sehen. Während ich auf die beiden Frauen zuging, lief mir der Schweiß den Rücken hinunter.

Der weiße Kittel fiel vorn auseinander und das Mädchen spreizte ihre Schenkel. Ich sah einen goldenen breiten Ehering in der Sonne aufblitzen, als sich lange, schlanke Finger einzeln in die Spalte des Mädchens schoben. Die Dame des Hauses fummelte eine Weile sehr intensiv an ihr herum und zog die Finger dann wieder heraus. Prüfend hielt sie sie gegen das helle Herbstlicht. Die Fingerspitzen glänzten nass und ich konnte sehen, wie es in Tropfen an ihren Fingern herunterperlte. Diese Geste war so provokant eingesetzt, so bewusst obszön gewählt, dass mir spätestes in diesem Moment klar wurde, mit was für durchtriebenen Ludern ich es hier zu tun hatte. Ich war in Schweiß gebadet.

Die Dame des Hauses griff mit beiden Händen zwischen die schmalen Schamlippen und zog sie behutsam auseinander. Der harte Kitzler reckte sich ihrem Mund entgegen. Als sie ihre Lippen öffnete, um mit der Zunge auf den Kitzler zu treffen, stieß das Mädchen Laute aus, die meine niedersten Bedürfnisse hellhörig werden ließen.

Die rote Zunge massierte den Kitzler sehr sorgfältig, bis er sich dunkel färbte und anfing zu vibrieren. Aus der Vibration wurde ein Zittern. Das kleine Stück Lust bäumte sich schließlich auf und mit ihm der ganze Körper des Mädchens. Dabei krallte sie ihre Hände fest um die kleinen Birnenbrüste und riss grob an den harten Spitzen. Sie öffnete ihren Mund mit den schön geschwungenen Lippen und stieß den Höhepunkt lautlos in die flirrende Luft.

Ich atmete schwer und fühlte mich bewegungsunfähig. Ungeduldig wartete ich auf ein Signal, endlich dabei sein zu können, denn bis jetzt war ich nichts weiter, als ein sabbernder Voyeur. Und nur zusehen zu dürfen, war angesichts von so viel weiblicher Triebhaftigkeit kaum noch zu ertragen.

Die Dame des Hauses richtete sich auf, griff mit ihren feuchten Fingern nach einem Glas Saft und trank in gierigen Zügen. Der blutrote Kirschsaft lief aus ihren Mundwinkeln heraus, tropfte herab auf den Ansatz der Brüste und über den dünnen Stoff des Bikinioberteils. Sie lächelte mich dabei an, robbte sich auf die Liege.

Gerade als ich dachte, ihr einladender Arsch gälte mir, kam mir das Mädchen zuvor. Sie setzte sich auf den unteren Rücken der Frau, schwer atmend, aber immer noch hinreißend lächelnd. Mit flinkem Griff zog sie das enge Bikiniunterteil runter und fing an, diesen vollkommenen Hintern zu massieren. Zarte Finger griffen in das bronzefarbene Fleisch hinein und kneteten es sanft mit langsamen kreisenden Bewegungen, massierten sich immer weiter zu dem eigentlichen Ziel vor. Die Kluft zwischen den Schenkeln wurde breiter und zwei runde Hügel wölbten sich langsam in die Höhe. Behutsame Fingerkuppen spreizten wulstige Schamlippen. Ich stand davor und konnte direkt in die Öffnung dazwischen gucken. Meine Augen verengten sich zu Schlitzen, um ausschließlich diese Öffnung zu fokussieren. Sie sah aus wie eine glitschige lüsterne Quelle, aus der es ekstatisch sprudeln würde, wenn man nur tief genug darin grub.

Das Hausmädchen schob sich biegsam nach vorn, bis zwischen die Schenkel. Zwar konnte ich es nicht sehen, aber es hören. Das Lecken, Lutschen und Schmatzen an den Schamlippen weckten unersättliche Geilheit in mir. Und dann explodierte es in ihr – direkt in ihren Mund hinein.

Triumphierend richtete sich die Dame des Hauses auf, mit tropfenden Lippen und seligem Gesichtsausdruck. Fast abwesend strichen ihre Fingerkuppen weiter durch den noch zuckenden Spalt vor und zurück, rieben die Schamlippen, hielten die glänzende Öffnung weit, um mich zu animieren und bei geilster Laune zu halten.

Warum musste ich mich so verdammt lange mit der an meiner feuchten Haut klebenden Arbeiterhose und der viel zu engen Unterhose beschäftigen? Denn dadurch verpasste ich, wie dieser stramme, hautfarbene Dildo plötzlich in die Hände des Mädchen gekommen war.

Ich hatte etliche Frauen mit Dildos befriedigt. Manche mit allem möglichen anderem Sex-Spielzeug glücklich gemacht, aber ich war nie Voyeur dabei gewesen, wenn es eine der anderen mit einem künstlichen Hilfsmittel besorgte. Schweiß lief mir über die Stirn, dann in die Augen und fing an zu brennen. Meine Lenden wurden nass.

Der kräftige Dildo lag sicher und selbstverständlich in der zarten Hand des Mädchens. Ich sah zu, wie sich das fleischfarbene Teil in kreiselnden Umdrehungen erst noch um den Anus außen herum bewegte und sich dann langsam und sehr genussvoll hineinschraubte. Der Effekt war beeindruckend. Der vollkommene Arsch bäumte sich auf und dem Teil entgegen. Die Feuchtigkeit, die aus sexueller Gier gemacht war, verselbstständigte sich.

Endlich war mein Schwanz frei. Ich schob mich mit auf die breite Liege, griff in die festen Schenkel und stieß meinen Harten in diese einladende Frucht. Ich griff überall rein.

Fühlte festes Fleisch und weiche Geschlechtsteile. Wollte alles auf einmal packen, um Halt für die sexuelle Verschmelzung zu haben. Das Mädchen hörte nicht auf, den Dildo weiter vorwärtszuschrauben. Die Dame des Hauses geriet außer sich vor Ekstase. Ihr vollkommener Arsch zuckte, zitterte, bäumte sich auf, bewegte sich vor und zurück, während ich meinen Steifen mit einem heftigen Ruck sehr tief in ihrer kochenden Mitte versenkte. Jeder Stoß war Genuss pur. Ich stieß vor allem mich selbst geradewegs ins Paradies hinein ...

Als der Dildo und mein Schwanz alles wund gevögelt hatten, schob sich das Mädchen von dem bronzefarbenen Körper herunter und zog ihn fast rücksichtslos von der Liege hoch. Ich konnte nicht glauben, dass die Dame des Hauses nach so einer Vereinigung immer noch ihre Sonnenbrille trug. Aber das tat sie und sie sah mich wieder nur durch die dunklen Gläser an. Ihre Mundwinkel zuckten, als sie keuchend flüsterte: »Nimm sie jetzt.«

Diese drei Worte kamen wie einer Anordnung gleich, einem Auftrag. Was sollte ich machen? Sie war die Kundin und die waren bekanntlich Königinnen.

Ich griff nach dem Mädchen, das mir erneut ihr hinreißendes Lächeln schenkte und zog sie an mich.

»Nimm sie von hinten«, lautete die nächste Anweisung.

Ich nickte sofort.

»Im Stehen!«

Ich schob den schmalen Körper zur Wand, presste ihn dagegen. Mein Schwanz war schon wieder hart und voller Saft. Das Mädchen bog ihren süßen, festen Po nach hinten, meinem Geschütz entgegen.

Die »Auftraggeberin« dieses delikaten Wunsches stellte sich neben uns. Ganz nackt war sie, bis auf diese verdammte Sonnenbrille, und betrachtete uns mit lüsternem Gesichtsausdruck. Ihre Brüste hoben und senkten sich ungeduldig, schweißglänzend.

Ich schob mich in den fast schmächtigen Unterleib des Mädchens hinein, wo alles noch so unverdorben und unverfänglich schien. Keine Zeit wollte ich verlieren, wollte alles mitnehmen, was ich an diesem Nachmittag mitnehmen konnte. Es war nicht so einfach, in diese enge Möse zu stoßen, aber mit einem kräftigen Ruck war ich drin. Das Mädchen stöhnte erleichtert auf.

Innen war es feucht und warm, und mit jedem Stoß produzierte ich mehr Nässe und Hitze. Die Tatsache, dabei von ganz nahem beobachtet zu werden, spornte mich an. Diese schmutzigen Blicke durch die Sonnenbrille hindurch taten gut. Ich wollte mein Bestes geben, wollte ihr mehr noch als dem Mädchen imponieren, indem sich mein ausdauernder Schwanz ausgiebig zu allen Seiten hinpresste. Mein Schwanz sollte unvergesslich bleiben. Vor allem auch ihr, dieser immer noch so gänzlich unnahbar wirkenden, verwöhnten, vermögenden und verschwenderischen Hausfrau.

Ich drückte mich mit aller Kraft vorwärts, stemmte mich bei jedem Stoß rechts und links mit meinen Armen neben dem bebenden Körper des Mädchens an der Hauswand ab. Plötzlich fühlte ich zarte Frauenfinger an meinem Geschlecht, die erst verdächtig sanft, aber dann fast brutal zupackten und meine harten Hoden ausgiebig molken.

Da war ich verloren! Ich explodierte mit einer Heftigkeit, die mich fast von dem Mädchenkörper wegschleuderte, hätten die Finger zwischen meinen Schenkeln mich nicht sicher zurückgedrückt. Sofort zog ich mein Teil mit einem unhöflichen Ruck heraus, denn sie sollte sehen, wie ich kam. Niemals sollte sie vergessen, wie viel Potenz aus mir herausgeschossen kam, zu was für einem Erguss ich fähig war. Und es war wirklich unglaublich! Der Saft sprudelte aus meinem schwankenden Glied, verteilte sich auf den weißen Pobacken und lief an den hellen Schenkeln hinunter, zu allen Seiten hin. Mein Erguss war wirklich absolut beeindruckend – fand ich.

***

Ich schaffte es noch mit Mühe und Not die anderen Büsche einzusetzen, danach ging nichts mehr. Ich war fix und fertig. Körperlich komplett ausgepumpt. Mein Schwanz schlaff, meine Hoden leer. Ich wollte mich von der Dame des Hauses verabschieden, aber da war etwas in ihrer Haltung, eine Art Ablehnung, die nichts Persönliches mehr zuließ. Sie nickte vage in meine Richtung. Kurz, knapp … als wäre es ihr lästig, dass sie sich noch einmal mit mir beschäftigen musste. Es war unmissverständlich. Ich hatte meinen Dienst getan, meine Arbeit gemacht. Ich hatte hier nichts mehr verloren. Die Sonnenbrille nahm sie selbstverständlich auch nicht einmal zum Abschied ab. Das Mädchen brachte mich noch zur Tür, aber auch das hinreißende Lächeln von ihr war nun vollständig verschwunden.

HANDWERKER

Ich war Studentin und notorisch abgebrannt. Meine Eltern konnten mir finanziell nicht aushelfen. Ich kann mich noch genau daran erinnern, dass am Ende eines Monats nie Geld übrig war. Es war nicht möglich, dass wir für irgendetwas Geld ausgaben, was nicht absolut nötig war. Und ich kann mich auch sehr genau daran erinnern, dass ich schon sehr früh inständig von einem Leben in Reichtum und Luxus träumte.

Es gab im Grunde zwei Möglichkeiten, mir diesen Traum zu erfüllen: Entweder verdiente ich selbst unglaublich viel Geld oder ich fand einen Ehemann, der unglaublich viel Geld verdiente!

Die zweite Option gefiel mir am besten. Bliebe mir allerdings nur die erste Option, hieße das, ich müsste einen äußerst gelungenen Abschluss hinlegen, eine sehr gute Stelle bekommen und lange viel arbeiten, um mich dann eines Tages als wohlhabend einschätzen können. Aber ich hoffte weiterhin auf die zweite Option.

Ich jobbte nebenbei in einer Bar, aber ich kam trotzdem vorn und hinten nicht hin, obwohl ich es doch gewohnt sein musste, mit wenig Geld auszukommen. Aber als ich endlich aus dem muffigen Zuhause auszog, eröffneten sich mir so viele Möglichkeiten, die ich zumindest im Ansatz ausschöpfen wollte. Ich hatte einen Faible für sexy Unterwäsche entwickelt. Endlich raus aus der schlichten Baumwolle und rein in die verführerische Seide. Es gab so vieles, das ich kaufen wollte. So vieles Materielles nachzuholen und neu zu entdecken. Ich stand vor einem finanziellen Dilemma ...

***

Doch eines Tages kam tatsächlich das Glück in meine Bar spaziert, in Form eines durchschnittlich aussehenden Mannes, der mich mit direkten Blicken bedachte. Sein Äußeres war zwar durchschnittlich, aber ich konnte förmlich den Reichtum, den er mit sich herumtrug, riechen. Allein das machte ihn für mich interessant.

Nach dem zweiten Glas Weißwein fragte er mich, ob ich am Wochenende schon etwas vorhätte. Der Ton, in dem er diese Frage an mich stellte, machte mich neugierig.

Er sagte: »Ich bin zu einer Wohltätigkeitsveranstaltung eingeladen und da sieht es einfach besser aus, wenn ich in Begleitung komme ...«

Ja, das verstand ich sofort.

»Wenn Sie interessiert sind, bitte rufen Sie mich an. Ich erkläre Ihnen dann alle notwendigen Details.« Er räusperte sich, als sei ihm sein Angebot doch ein wenig unangenehm und fuhr dann fort: »Natürlich werden Sie für diesen Begleitservice angemessen bezahlt.« Die Visitenkarte, die er mir zuschob, war schlicht und unaufdringlich. Seine Telefonnummer speicherte ich sofort in meinem Kopf ab.

***

Das auf unsere Begegnung folgende Telefonat war äußerst angenehm und sehr vielversprechend. Der Stundensatz, den er mir für diesen Begleitdienst nannte, war so überzeugend, dass ich sein Angebot, ihn auf diese Wohltätigkeitsveranstaltung zu begleiten, unter gar keinen Umständen ausschlug. Er erklärte mir alles, was ich wissen sollte und auch, wie ich mich anzuziehen hatte. Natürlich musste ich etwas in mich investieren, damit ich mich mit ihm sehen lassen konnte, aber diese Investition war alles andere als fehl, wie sich schnell herausstellen sollte.

***

Mein erster Einsatz war ein voller Erfolg. Ich musste im Grunde genommen nicht mehr tun, als gut auszusehen, mich ladylike benehmen und das allgemeine Gefühl vermitteln, der Mann an dessen Seite ich durch die Veranstaltung schritt, sei bei mir in den allerbesten Händen.

So kam ich also neben meinem Bar-Job noch zu einer weiteren, ganz besonderen und vor allem äußerst lukrativen Art der Einnahmequelle.

Ich verdiente durch weiblichen Begleitservice. Erst begleitete ich nur diesen einen Mann, der mich aber bald an einen Bekannten von ihm weiterempfahl. Dieser wiederrum »verlieh« mich an dessen Freund und so ging es weiter. Ich verdiente endlich schönes, sicheres Geld und Spaß machte es meistens auch noch. Ich kam viel herum, nahm an den tollsten Events teil, deren Eintritt ich mir sonst weder hätte leisten können noch jemals überhaupt Zutritt dazu hätte gewährt bekommen. Meistens begleitete ich nur, um bei Veranstaltungen oder Restaurantbesuchen mit Geschäftsmännern als schmückendes Beiwerk an deren Seiten zu sitzen.

Es dauerte eine ganze Weile, bis ich das erste Mal mit einem Kunden während meines Begleitservices im Bett landete. Wir waren uns sympathisch. Er war in meinen Augen recht attraktiv, die Stimmung entspannt und ich hatte Lust auf Sex. Die Bezahlung fiel entsprechend großzügig aus und von dem Abend an zog ich gelegentlich in Erwägung, meinen Service auch bis in ein Hotelzimmer auszudehnen.

Schließlich lernte ich eines Tages meinen zukünftigen Mann kennen: Robert – ein Mann mit Klasse und Stil. Ein

Mann, der keine Affären wollte, ein Mann, der wesentlich älter war als ich. Robert stellte mir ein Leben in Aussicht, das ich mir niemals durch, egal wie viele Begleitungen, auch nur annähernd hätte leisten können. Er bot mir den Reichtum, auf den ich so inständig gehofft hatte. Seine Bedingung zum Erlangen dieses Wohlstandes war klipp und klar: Ich hatte meinen Nebenverdienst unverzüglich einzustellen. Also tat ich es. Auch sollte ich aufhören, in der Bar zu arbeiten, was mir nicht weiter schwer fiel. Mein Studium ließ er zu und so schaffte ich sogar einen Abschluss.

***

Schon nach kurzer Zeit unserer Ehe stellte sich bei mir ein gewisses Bedauern ein. Denn ich liebte Männer im Allgemeinen, flirtete gern mit vielen und vögelte noch lieber mit mehr als immer nur demselben. Außerdem hatte eine Heirat den Nachteil, dass ich mich nur noch auf einen einzige Mann fixieren durfte, nämlich auf meinen eigenen.

Aber es war auch nett mit Robert, das Leben an seiner Seite erst mal aufregend. Alles war so neu für mich. Das große Haus, mein eigener Sportwagen, unsere exotischen Reisen, die schicken Klamotten, der edle Schmuck, ach und all das bare, wahre Geld, das ich plötzlich besaß. Robert war ein großzügiger Mann. Auch wenn er um einiges älter war als ich, so hielt er sich erstaunlich fit. Auf der erotischen Ebene war er leider weit von einem Sexprinzen entfernt, doch er gab sich wirklich Mühe auf dem gemeinsamen Laken. Er schaffte es ab und zu, mich weitestgehend zu befriedigen. Ich lebte also als reiche Ehefrau in den Tag hinein, hatte nichts auszustehen und fühlte mich oft großartig.

Aber eines Tages besiegte meine Langeweile alles Neue und erhielt deshalb Einzug in unser schönes Heim. Es hatte schleichend begonnen. Und was macht man als junge, sexuell aufgeschlossene Frau, die anfängt, sich nicht mehr wohlzufühlen – unter anderem auch deshalb, weil sie auf dem heimischen Laken nicht das bekommt, was sie sich wünscht? Sie trauert ein bisschen gewissen Gegebenheiten aus ihrem alten Leben nach und überlegt, wie sie ihr neues Leben aufpeppen kann. Ich kam zu dem Schluss, dass sich dafür am besten die erotischen Handwerkerfantasien eigneten …

Fantasien hatte ich genug und Handwerker auch! Da ließ mich Robert schalten und walten wie ich wollte. Unser Haus war groß – sehr groß – und er liebte es, alles vom Feinsten zu haben. Da Geld keine Rolle bei ihm spielte, marschierten die Handwerker bei uns ein und aus.

Aber ich musste vorsichtig sein, denn mein Mann war auch misstrauisch und eifersüchtig. Es konnte passieren, dass er völlig unerwartet mitten am Tag hereinplatzte, nur um zu sehen, ob die Arbeiten auch vorangingen oder wie es mir ging. Ich tat dann, als merkte ich nicht, was ihn tatsächlich nach Hause trieb …

***

Im Herbst entschied Robert, unser gesamtes Dach müsste noch vor dem Winter neu eingedeckt werden und sämtliche Dachausbauten gleich mit. Ich durfte zumindest die Dachpfannen und das Material für die Rinnen aussuchen. Mein Robert segnete wie immer alles ab. Dann folgten wahnsinnig aufregende Wochen, in denen das Haus von Handwerkern nur so wimmelte. Darunter gab es genug Hübsches zum Angucken für mich. Aber irgendwie platzte Robert zu oft dazwischen, und als die Renovierungen sich dem Ende näherten, war rein gar nichts befriedigend Zwischenmenschliches passiert.

Als ich schon völlig frustriert war, erzählte mir mein Mann, dass er an einem dreitägigen Geschäftsmeeting außerhalb der Stadt teilnehmen musste. Sofort packte ich Roberts Koffer und gab mich ihm noch einmal ganz besonders zärtlich am Abend vor seinem Abflug hin.

***

Es waren vier Handwerker, die sich am letzten Tag für die restlichen Arbeiten bei uns tummelten. Für mich war die Zeit nun gekommen, um zu handeln. Unter diesen Männern sah einer ganz gut aus, zwei waren eher unscheinbar und der Vierte war ein Kerl, der eine beunruhige Anziehung auf mich ausübte und meine erotischen Fantasien schon seit Nächten aktiv gestaltete. Er war vermutlich der unattraktivste in dem Team, aber jedes Mal, wenn er mich ansah, starrten meine Brustwarzen zurück. Wenn er an mir vorbeiging, kam er mir so nahe, dass er die Brustwarzen sogar fast berührte. Dann zuckte ich vor Lust zusammen und vier Augen sahen ihm schmachtend hinterher.

***

Es war ein warmer Herbsttag, die Sonne schien kräftig von einem strahlend blauen Himmel herab und so war es nur praktisch, dass einer nach dem anderen sein T-Shirt auszog, um mit nackten Oberkörper weiterzuarbeiten. Schon bald bedeckte feiner Schweiß die blanke Muskelpracht und überzog mit einem feinen, glänzenden Netz die starken Oberarme, perlte von kräftigen Hälsen über glatte Haut oder verfing sich auf behaarter Brust. Beide Anblicke waren sehr reizvoll. Meine Augen konnten sich nicht sattsehen und meine Blicke waren alles andere als verschämt.

Ich spielte ein bisschen den »Hiwi«, half also mit, wo ich nur konnte, weil es Spaß machte und weil ich ihnen nahe sein wollte – diesen schweißbedeckten, männlichen Oberkörpern. Ich wollte die Anspannung schnuppern, die sich in der warmen Luft zwischen uns aufbaute, wollte diesen erotisierenden Schweißgeruch in mir aufnehmen, mich mental auf diese vielversprechende Potenz einstimmen.

Als ich dem Mann, der eine unglaubliche Anziehung auf mich ausübte, er hieß Thomas, etwas, was er suchte, in die Hand drückte, berührten sich unsere Finger. Damit fing es an – der erste greifbare Funke, der übersprang und ein Feuerwerk unersättlicher erotischer Sex Lust in uns entzündete.

Thomas zog mich an sich, presste seine breite Brust an meine schmale und öffnete meinem Mund mit seinem. Ich schmeckte leichtes Blut, fühlte satten Speichel, denn ich hatte mich sofort hungrig in seinen Küssen verbissen. Sie schmeckten unglaublich gut und ich war gierig danach. Seine Hände öffneten grob meine Bluse, zerrten sie herab, damit sein Mund auf meine halb bedeckten Brüste gleiten konnte. Er quetschte sie aus dem engen BH, während ich nach dem Verschluss hangelte, um sie ganz nackt für ihn zu machen. Er presste mich gegen die Garagenwand. Meine Brustwarzen stachen in seine Handflächen. Spielerisch biss er hinein, während seine Hände sich Stück für Stück unter meinem Kleid vorwärtstasteten.

Er war äußerst grob zu meinem teuren Slip und riss ihn in Stücke. Meine Lust flog ihm nur so entgegen. Seine Hose stand so weit offen, dass er seinen Schwanz bewegen konnte. Er grätschte breitbeinig, um nicht die Balance zu verlieren, als er sich zwischen meine Schenkel stellte. Sein Blick war voller aufgestauter Gier. Er musste mich seit Wochen im Visier gehabt haben. Schon sein erster angesetzter Stoß brachte mich völlig aus dem Gleichgewicht. Ich stöhnte entzückt. Was für ein geiler Hieb! Er hatte genau getroffen, und auch die folgenden Hiebe waren so gezielt gesetzt, dass er mich in gefühlten Sekunden zum Orgasmus brachte. Während ich ihn noch überrascht anstarrte, schoss mit einem letzten Stoß eine geballte Ladung Lust aus ihm heraus. Ich blieb überwältigt stehen und schnappte nach Luft. Ich war nicht vorbereitet auf das, was noch folgen sollte ...

***

Von Thomas hatte ich am intensivsten geträumt, aber er war nicht unbedingt allein in meinen Fantasien geblieben. Es hatte mehrere Darsteller in meinem Kopfkino gegeben.

Plötzlich waren wir zu dritt. Jemand zog mich von der kalten Wand, schob mich zu meinem Auto, bog meinen Oberkörper nach vorn, presste meine nackten Brüste auf die Motorhaube und öffnete meine Schenkel. Ich war noch so nass von dem ersten Fick, dass der fremde Schwanz im Handumdrehen in mich glitt. Mit rasanten Bewegungen stieß dieser zu.

Ich war wieder so geil, oder war es noch immer, sodass mich meine Gefühle überrannten und ich genau so gevögelt werden wollte plus noch mehr. Ich kam schnell und heftig. Das hatte ich lange nicht mehr erlebt.

Mein Körper wurde in alle Richtungen gezogen und gezerrt. Jeder wollte ein Stück davon haben und möglichst gleichzeitig alles probieren. Meine Brüste fielen von einer Hand in die nächste, die rau geriebenen Brustwarzen blieben zwischen unverschämten Fingern in der Zange. Mein Mund küsste sich wund, meine Zunge leckte sich scharf und meine Lippen sprangen auf. Ich fühlte alles Mögliche zwischen meinen Beinen. Es fummelte und kribbelte in meinem Schoß. Mein Kitzler wurde zum öffentlichen Schauplatz ungezügelten Verlangens. Jeder der Männer verging sich an ihm, diesem doch so kleinen unscheinbaren Teil, das jetzt zum Monopol ungeschlagener Geilheit wurde. Unter den Blicken, den Fingern und den Schwänzen der Männer wuchs er und nahm an Umfang zu. Es fühlte sich an, als würde er zwischen meinen Schamlippen hervorgezogen.

Thomas Glied war das erste, das mich sprengte und auseinandertrieb. Das zweite darauffolgende war eine perfekte Fortsetzung seiner Einleitung. Ich lag zu Boden gezogen inmitten

24

der Garage zwischen männlichen Körpern. Jemand hob meinen Unterleib in die Höhe, damit sich das dritte Stück geballte Potenz in mich zwängen konnte. Mein Keuchen ging in wimmerndes Stöhnen über und wechselte bald in lautlose Schreie, als sich der letzte harte Schwanz tief in mich schraubte. Ich griff um mich, nach irgendeinem Halt suchend, und fasste in warmes männliches Geschlecht, an denen die geballten Hoden vor Vorfreude schon vibrierten. Tief in mir drin brodelte es und nichts konnte diesen Vulkan mehr an seinem ekstatischen Ausbruch hindern. Starke Hände hielten meine Arme und Beine fest und während ich kam, ergoss sich jemand zwischen meinen zitternden Brüsten.

Der warme Saft verteilte sich auf den Rundungen, lief über meine Warzen, tropfte herab, kitzelte meinen Bauch und vermischte sich schließlich mit dem warmen Saft, der aus meiner Vagina wieder herausfloss. Er war wie ein heftiger Rückstoß überschäumender Ekstase zu beschreiben, den mein Unterleib einfach nicht mehr halten konnte.

Mein Körper wurde gedreht und gewendet. Bevor der letzte Strahl Zeit hatte, abzukühlen, stieg ein zweiter aus mir empor, nämlich dann, als sich jemand zwischen meine Schenkel von hinten zwang und sich durch meinen Unterleib pflügte. Ich schrie vor Geilheit und ließ mich ein letztes Mal durchvögeln. Dieser letzte Akt war die Krönung von allem! Er entzündete jeden Nerv, jede Hautparzelle und löste einen regelrechten Flächenbrand in meinem tiefsten Inneren aus. Ich seufzte und stöhnte atemlos. Zum Schluss schrie ich so laut, dass sich eine Hand sanft, aber bestimmt, über meine Lippen legte. Meine Fingernägel krallten sich in feste Haut und strammes Muskelfleisch. Ich kratzte und biss sogar in die Hand, weil ich mir in meiner Gier nicht zu helfen wusste. Ich befürchtete schon, ich hätte den Penis zu tief in mich hineingesogen, aber er tauchte wieder auf und zog sich einfach aus mir heraus. Ich fühlte mich für den Bruchteil von Sekunden verlassen. Doch schon stieß er noch einmal in mich und ich flog beflügelt zur nächsten Lust.

Mein Unterleib war inzwischen hochsensibel geworden, elektrisiert für jede Welle, die mich von vorn nach hinten durchflutete, mich vor und zurück schwappen ließ. Es gab keinen Anfang und kein Ende.

Um mich herum wimmelte es von Lüsternheit. Die Luft in der stickigen Garage war geschwängert von Schamlosigkeit und es war fast schade, dass ich nicht alles greifen, fühlen, riechen, schmecken und schlucken konnte. Ich wäre allem gerecht geworden in meiner höchsten Geilheit.

Jeder einzelne für sich, war pure Befriedigung gewesen. Aber die absolute Befriedigung hatte ich nur erreichen können durch die übermächtige Potenz aller zusammen. Mit der konnte es keiner allein aufnehmen, nicht einmal mein fantasievoller Thomas. Gemeinsam konnten sie das vollbringen, was ich mir schon so lange für mich erhofft hatte – nämlich die totale, vollkommene Ekstase, die keine Steigerung mehr erfahren kann.

***

Mitten in diesem Inferno der Lüsternheit tauchte mein Mann plötzlich auf. Ich ließ mich von ihm emporziehen und quer durch das ganze Haus schleppen, um dann mit ihm zusammen auf das eheliche Laken zu sinken.

»Und, hast du dich genug erregen können an ihren geilen Körpern, dich anstecken lassen von ihrer unersättlichen Gier?« Ich stöhnte zustimmend.

Er zog sich aus. »Bist du jetzt bereit für mich?«

Ich stöhnte ein befreites: »Jaaa!« und öffnete mich vollständig seiner Verführung.

Hitzig stieß er in mich. Er vögelte mich in allen Varianten. Erst nach einer ganzen Weile bemerkte ich, dass um uns herum plötzlich meine vier geilen Typen standen. In ihren Hosen wurde es sichtlich enger. Eigentlich hätten sie längst wieder auf dem Dach sein sollen, aber anscheinend ergötzten sie sich lieb an unserem geilen Fick.

***

So müsste es immer sein, dachte ich seufzend, während ich drei coole Jungs mit ihren knackigen Ärschen, behaarten Unterarmen und kräftigen Schenkeln auf unserem Dach herumturnen sah. *So oder so ähnlich,* dachte ich sehnsüchtig.

Eine kräftige Hand zog mich in die offene Garage. Eine tiefe Stimme flüsterte in mein Ohr und schwerer Atem verfing sich an meinen Lippen.

Es wurde nicht ganz das, was ich mir zurechtfantasiert hatte, aber es kam der erotischen Vorstellung schon sehr nahe. Danach war alles wundgevögelt und ich auch mal wieder so richtig entspannt. Von Kopf bis Fuß. Von vorn bis hinten.

Und als mein aufgewühlter Körper sich ein bisschen beruhigt hatte und mein Geist wieder klar denken konnte, freute ich mich sogar auf Roberts Rückkehr. Denn meistens brachte er mir von seinen Geschäftsreisen etwas sehr Ausgefallenes, sehr Edles mit ...

HandSchellen

Mit den erotischen Fantasien ist das so eine Sache. Erotische Fantasien fühlen sich gut an. Vor allem da, wo sie zuerst entstehen – im Kopf. Sie setzen den Geist in Bewegung, aktivieren die Sinne und haben positive Auswirkungen auf den Körper. Manchmal ist es vielleicht am schönsten, wenn Fantasien auch Fantasien bleiben. Wenn sie im Kopf verborgen frei schweben und nur dort ausgelebt werden. Denn oft genug enden gelebte Fantasien in Enttäuschungen, die weder vorhersehbar noch vermeidbar sind. Und man wünscht sie sich zurück in den Kopf, wo sie von größerem Wert waren als in der Realität. Aber oft genug ist es genial, wenn diese Fantasien irgendwann doch zur Wahrheit werden, eines Tages auch gelebt werden. So, wie es bei mir war ...

**

Es gab eine Zeit in meinem Leben, da gab es alles Mögliche, aber keine Fantasien. Keine erotischen zumindest. Ich wusste, was ich wollte und ich wusste, was ich nicht wollte beim Sex. Mein Mann machte es so mit mir, wie ich meinte, er müsste es mit mir machen. Unser Sex war einfach, schlicht und wenig ergreifend. Aber trotzdem kam ich interessanterweise oft genug zu einer Art Orgasmus, sodass ich nie das Gefühl hatte, etwas zu vermissen. Mein Mann kam sowieso immer.

Unser Sexleben bestach durch routinierte Beständigkeit, aber ganz bestimmt nicht durch ausschweifende Fantasien.

Und vermutlich hätte sich nichts daran geändert, wenn mir nicht das Folgende passiert wäre ...

Ich tat irgendwann das, was viele verheiratete Menschen tun: Fremdgehen. Es war nie meine Absicht gewesen, das zu tun. Auch darüber hatte ich nie fantasiert. Es passierte einfach und ganz klassisch.

Die Firma, in der ich arbeitete, feierte Jubiläum im ganz großen Stil, eine Veranstaltung, zu der alle Abteilungen und Außenstellen eingeladen waren. Deswegen traf ich zu diesem Anlass Kollegen, die ich kaum kannte oder noch nie gesehen hatte.

An jenem Abend begenete ich von daher zum ersten Mal meinen Kollegen John, der am anderen Ende von Kalifornien lebte. Er sah eher durchschnittlich aus. Gerade gut genug. Ganz bestimmt kein Schönling. Keiner, der einem beim ersten Anblick weiche Knie machte oder das Herz aus dem Rhythmus brachte. Aber da war etwas in seinem Gesicht, das mich sofort ansprach, etwas in seiner Körperhaltung, das mich förmlich ansprang.

Ich fand ihn toll und er mich anscheinend auch. Und obwohl wir beide in sehr sicheren Händen waren, tanzten die Funken zwischen uns vor und zurück. Wir hielten uns nicht länger als nötig bei der Feier auf, sondern verschwanden nacheinander, sogar unbemerkt.

Als ich in sein Auto stieg, war ich schon so feucht im Schritt, dass meine Geilheit durch mein dünnes Höschen auf seinem Polster versickerte. Zwischen seinen Beinen verhärtete es sich bedrohlich und deshalb kamen wir nicht weit.

Wir schafften es nicht bis zu einem Hotel, sondern trieben gleich im Auto. Das hatte ich zuletzt als erwachsener Teenager versucht. John schob sich auf mich, nachdem er nackt war, zog mein Kleid hoch und meinen Slip zur Seite. Ich lag unter ihm und spürte vom ersten Moment an seine physische Dominanz. Er war so stark, so kraftvoll in all seinen Bewegungen. Er fragte nicht, er nahm sich, was er brauchte und genau das war es, was mir so gefiel. Er stieß seinen Harten in mich rein. Konsequent und ohne Rücksicht. Und ich beugte mich diesen Stößen. Ich unterwarf mich ihnen, ohne dass es mir etwas ausmachte. Im Gegenteil, es machte mich grenzenlos geil!

Jeder Stoß, mit dem er in mich drang, war Unterwerfung für mich. Er hatte meine Hände über meinen Kopf geschoben, sie hinter die Kopfstütze gepresst. Das machte er so geschickt, dass meine Hände vollkommen hilflos geworden waren. Es tat auch weh, so wie er sie im Griff hatte, aber das störte mich nicht. Er presste seinen Mund hart auf meinen. Ich konnte nicht einmal stöhnen, als er mich vögelte. Meine Beine wurden unter dem Gewicht seiner harten Oberschenkel wie festgenagelt und ich fühlte mich besser, je hilfloser ich war. Mein Höhepunkt kam schnell, aber hing dafür endlos lange in jeder meiner Nervenspitzen fest.

∗∗∗

Es blieb bei diesem einen Fick. John wohnte viel zu weit weg, als dass es eine Fortsetzung für uns geben konnte, auch wenn wir das beide an jenem Abend bedauerten. Die Frage, ob wir uns wirklich wiedersehen wollten, stellte sich nicht. Unser Fick war geil gewesen, aber das war es dann auch zwischen uns. Während es für ihn vielleicht nur ein äußerst erregender sexueller Ausflug gewesen war, sollte diese Begegnung mit John mein Sexleben von Grund auf ändern ...

Von diesem Abend an, begann ich zu fantasieren, begab mich gedanklich in eine neue erotische Welt. Der Abend hatte meine wahren, verborgenen sexuellen Gelüste entblößt. Da war etwas in mir gewesen, das geschlafen hatte und endlich war es von jemandem wachgefickt worden. Jahrelang hatte ich etwas versäumt, von dem ich nichts ahnte. Ich lag da, nachts, mit offenen Augen, neben meinem friedlich schlummernden Mann, und träumte von anderen Männern. Doch ich träumte nicht allgemein von anderen Männern. Ich träumte ausschließlich von dominanten Typen, von echten Kerlen, die mich gnadenlos unterwarfen, deren unnachgiebiger Dominanz ich mich kompromisslos beugte. In meinen sexuellen Fantasien, die erst nur nachts, doch dann auch tagsüber meinen Kopf füllten, ging es nicht um harmlosen, netten, braven Blümchen-Sex. Nein, es ging ausschließlich um hartes, wehrloses, unnachgiebiges Geficktwerden. Mein Mann spielte keinen Part in diesen Träumen. Weder tauchte er in einer unbedeutenden Nebenrolle auf und schon gar nicht als Hauptdarsteller. Der Sex mit ihm war zu normal, zu kalkulierbar und niemals hatte ich mich bei ihm auch nur ansatzweise wehrlos gefühlt, niemals hatte er mich härter als sanft gevögelt. Der Sex mit meinem Mann war keine weitere, weiterführende Fantasie wert.

Als sich die Vorstellungen in meinem Kopf verfestigten, wurde ich regelrecht nervös. Und sie schienen immer mehr außer Kontrolle zu geraten. Ich kam an einen Punkt, an dem es nur noch um das Eine ging. Darum, diese Fantasien endlich umzusetzen. Diese sexuellen Gelüste weiterhin in meinem Kopf einzusperren, sie nur dort auszuleben, würde meinen Körper früher oder später krank machen. Eher früher als später vermutlich.

Also ausleben! Aber wie und vor allem auch mit wem? Ich war keine typische Fremdgängerin. Dieser eine Seitensprung war mir einfach in den Schoß gefallen. Mit diesen Konsequenzen hatte ich nicht rechnen können. Wie ging es jetzt also weiter für mich?

Ich konnte mit niemandem darüber sprechen. Mit wem auch. Ich redete grundsätzlich nicht gern über Sex und die wenigen Freundinnen, die ich hatte, waren für solche Art Bekenntnisse nicht geeignet. Sie fühlten ganz sicherlich nicht annähernd wie ich und würden auf solche Art von erotischen Abgründen mit Unverständnis, vielleicht sogar mit Abweisung reagieren. Ich überlegte, wo ich jemanden treffen könnte, der so fühlte und so dachte wie ich. Der mich hart rannehmen, mich unterwerfen würde wollen.

Es gab Zufallsbegegnungen – überall möglich und doch wenig realistisch. Es gab Anzeigen, Clubs oder einschlägige Partys. Doch ich konnte an keinem dieser Optionen wirklich Geschmack finden. Schließlich kam mir die Idee, mich mal ganz unverbindlich in einem Erotik-Shop umzusehen. Da gab es doch Abteilungen, wo Hilfsmittel und Spielzeuge für Männer und Frauen angeboten wurden, die es gern wie ich härter mochten. Jemand der sich dort herumdrückte, würde vielleicht auch für mich in Frage kommen.

***

Und so betrat ich zum zweiten Mal in meinem Leben ein Geschäft, in dem man rund um den Sex so gut wie alles bekommen konnte. Fast ehrfürchtig bestaunte ich, was es alles gab, um die Lust noch lustvoller zu machen. Auch wenn ich die farbenfrohen Spielzeuge reizvoll fand, so zog es mich doch unwiderstehlich zu den düsteren Toys hin. Zu den schwarzen, glänzenden Dingen. Schamvoll sah ich mich um, bevor ich zum ersten Mal ein Paar silberfarbene Handfesseln in meine Hände legte und die Gefühle, die sich aus dieser »Begegnung« entwickelten, verschafften mir Gewissheit: Das war es, was ich wollte! Da hinein wollte ich mich begeben. In solche Fesseln, die meinen Willen außer Gefecht setzen würden. Neben den schicken Handschellen wurden gleich praktischerweise die passenden Fußfesseln angeboten. Genauso eisern wie die Handschellen und auch dahinein wollte ich mich gern stecken lassen.

In fantasievolle Gedanken versunken, hörte ich ihn nicht kommen, sah ihn nicht neben mich treten. Ich spürte plötzlich seinen Atem an meinem Ohr. Solch einen intensiven männlichen Atem hatte ich noch nie gespürt. Dann hörte ich auch seine Stimme dazu, wie ich noch nie eine männliche Stimme in meinem Ohr gehört hatte. Schlagartig bedeckte sich mein Körper mit Gänsehaut. Meine Haarwurzeln schienen sich einzeln aufzurichten. Meine Brustwarzen stachen steil durch den dünnen seidenen BH und süß zog es sich in meinem Unterleib zusammen.

»Würdest du gern deine Hände da reinstecken?«

Ich wagte nicht, den Kopf zu bewegen.

»Und würdest du auch gern deine Füße da reinstecken?«

Ich nickte schwach.

Er nahm mir ohne eine Antwort abzuwarten die metallenen Schellen aus der Hand und ging damit zur Kasse. Er war ein kräftiger Mann, mittelgroß, mit sicherem Schritt. Als er die Handschellen neben den Fußschellen zur Kasse legte, sah ich sein Gesicht im Profil. Es war kein Gesicht, das mich auf einer Party oder auf der Straße angezogen hätte. Aber in dieser Situation, mit meiner Absicht, war es absolut egal, wie das Gesicht aussah.

Ich musste meinen Atem beruhigen, bevor ich das Geschäft nach ihm verlassen konnte. Mit zitternden Knien trat ich zurück ans Tageslicht. Die Sonne blendete. Auch meine Sonnenbrille konnte das kaum abdunkeln. Ich sah mich nach ihm um und dachte für einen Moment lang, er wäre ohne mich gegangen, wäre nur meiner Fantasie entsprungen. Doch dann entdeckte ich ihn auf der gegenüberliegenden Straßenseite. Die Beifahrertür seines Autos stand für mich offen. Ich musste nur noch einsteigen.

Die relativ kurze Fahrzeit dehnte sich. Wir wechselten kein

Wort, sahen uns nicht ein einziges Mal an, berührten uns nicht. Doch in unserem schweigenden Miteinander knisterte es nur so vor heftig geladener Erotik. Ich konnte ihn riechen, den herben Geruch eines völlig unbekannten Mannes, der mich vermutlich bald nehmen würde – hoffentlich hart nehmen würde. In seinem herben Geruch lag so viel gnadenlose Versprechung der Einlösung meiner Fantasien, dass mir fast schwindelig vor Erleichterung wurde.

Ich ging hinter ihm her wie an einer kurzen Leine gezogen. Schließlich standen wir in seiner Wohnung. Ich kann nichts mehr über diese vier Wände, die ihm gehörten, sagen, weiß nicht, wie sie eingerichtet waren, denn ich sah nichts – außer diesem Pfeiler in der Mitte seines Schlafzimmers.

Ich tat alles, was er mir sagte, fragte nichts, sprach nichts. Ich streifte meine Kleider ab wie lästige Hindernisse. Sogar meine teure Unterwäsche war es nicht Wert, betrachtet zu werden, selbst meinen Körper sah er nur kurz an, während ich ganz entblößt vor ihm stand. Keine seiner Reaktionen zeigte mir, ob ihm gefiel, was er sah. Vielleicht spielte es keine Rolle für ihn, wie mein Körper gebaut und ob mein Gesicht hübsch genug war.

Ich ließ mich von seinen kräftigen Händen an den metallenen Pfeiler pressen. Er verschränkte meine Arme oberhalb des Kopfes, zog sie hoch und ließ die Handschellen um meine Handgelenke zuschnappen. Er befestigte mich damit an einem stabilen Ring, der in den Pfeiler gebohrt worden war. Dann schob er mit einem kräftigen Ruck meine Beine auseinander und führte meine Füße am Knöchel durch die kalten Eisenschellen. Schauer überfielen meinen Körper, überschlugen sich regelrecht und schossen blitzartig in meinen Unterleib. Ich seufzte unvorsichtig und wurde dafür mit einem strafenden Blick aus seinen grauen Augen bedacht. Er befestigte die Fußschellen außen an dem Pfeiler an Ringen. Und so stand ich also vor ihm. Vollkommen nackt und vollkommen ausgeliefert ...

Der Beginn meiner Lust hätte nicht vielversprechender sein können!

Nachdem er mich sicher befestigt hatte, zog er endlich die Hose aus. Ich war neugierig. Die Größe eines Schwanzes hatte mich nie sonderlich beeindrucken können, aber ich hatte bei John erfahren, dass es mir doch besser tut, wenn er größer ist. Dieses Geschlechtsteil hatte sich noch gar nicht zur ganzen potenten Größe ausgefahren und doch war es schon atemberaubend. Ich wurde hungrig angesichts so viel Schwanzmasse. Sein Glied war sicherlich groß, aber es war nicht nur die Größe, die es so erregend machte. Es war die Art, wie es so sicher und steil vor mir stand, als ob es nichts gäbe, das es bezwingen könnte. Als wenn es nichts gäbe, das es beeindrucken könnte. Mir lief der Speichel im Mund zusammen und die Lust in meiner Vagina.

Er griff nach dunklen glänzenden Handschuhen, die er aus einer Schublade holte und über seine Hände zog. Dadurch lenkte er mich für einen kurzen Moment wirklich von diesem außergewöhnlichen Geschlechtsteil ab. Sein Blick war unergründlich und ich hing darin fest, sein Lächeln war kalt und weckte nicht das Bedürfnis, zurückzulächeln. Ich sog hörbar die Luft ein, als er seine Handschuhfinger in meinen gespreizten Schritt presste. Hart und unversöhnlich schob er die einzelnen Finger in mich, zog meine Vagina auf, rotierte sich hinein, bis ich mir auf die Lippen beißen musste, um nicht schon jetzt vor Lust zu schreien.

Es schien, als würden seine Finger in meinen Unterleib hineinwachsen, als würden sie länger und länger werden und könnten meine noch so entferntesten Nerven berühren, sie entzünden. Konnten Finger so verzaubert sein?

Die andere Hand drückte er auf meine Lippen, die sich nicht schließen lassen wollten. Er presste seine ganze Hand auf meinen Mund und erstickte von da an jeden Schrei schon im Ansatz. Mein Atmen wurde schwieriger, aber auch das erregte mich. Nachdem er mich mit nur zwei Fingern wundgebohrt hatte, kam er mir mit seinem steil aufragenden Glied nahe, das bedrohlicher wirkte, je näher es mir kam.

Sofort drückte er sein gewetztes Schwert in mich. Ich war froh, so nass vor Lust zu sein, denn seine Härte schmerzte trotzdem und es schien immer weiter zu wachsen, je tiefer es in mich stieß.

So stand ich da, an diesen Pfeiler gefesselt. Bewegungslos. Ich konnte noch ein bisschen seufzen, kaum stöhnen und nicht schreien. Die Präsenz seines Geschlechtsteils war übermächtig, seine Dominanz angsteinflößend und seine Stöße überirdisch. Jeder Stoß war genau getroffen. Wie ein Hieb sprengte sein Geschlechtsteil meine Schamlippen, brach sie auf und schoss an ihnen vorbei in die Tiefe, wo es zu verschwinden schien. Ganz tief in mir drin war es wendig, kam überall hin, entzündete meinen Unterleib. Ich fröstelte und schwitzte gleichzeitig. Seine grauen Augen schwebten dicht vor meinen.

Drohend schossen die Blitze aus seiner dunklen Iris zu mir herüber. »Du wolltest es doch hart. Ist es jetzt mehr, als du wegstecken kannst?«

Ich schüttelte stumm den Kopf und schnappte nach Luft. Nicht nur mein Unterleib brannte lichterloh, auch meine Handgelenke schmerzten, sogar meine Fußgelenke. Und dann fing er noch an, bei jedem Stoß sehr unsanft in meine Brustwarzen zu beißen. Seine Bisse dauerten nicht lange, aber sobald seine Zähne sich von den harten Nippel gelöst hatten, schoss der Schmerz brennend heiß in meine blutroten Spitzen.

Ich hätte nicht lokalisieren können, wo es am meisten wehtat und wo seine Gier mich mit der wenigsten Gnade traf. Ein Teil meiner Geilheit berief sich auf die Tatsache, dass ich so absolut handlungsunfähig war, dass ich mich so gar nicht wehren konnte, völlig in seiner Macht war. Er war der Inbegriff von Dominanz bei diesem Geschlechtsakt für mich und ich das devote Pendant dazu. Wie hätte ich ahnen können, dass trotz meiner ausschweifenden Fantasien die Wirklichkeit noch viel besser sein würde? Dass ich anscheinend nur wirklich orgiastische Gefühle entwickeln konnte, wenn jemand es mir sehr unsanft besorgte? Wie hatte ich wissen können, dass wenn es mir wehtat, mir das gut tat?

Mein wunder Unterleib versuchte stoisch, jeden weiteren Stoß noch gieriger zu verschlingen, noch tiefer in sich hineinzusaugen. Die hungrige Vulva schien unersättlich, konnte nicht genug bekommen. Als wenn sie ewig lange keinen Schwanz gehabt hatte. Dabei lag die Nacht mit John noch gar nicht so weit zurück und wurde ab und zu zumindest mit ein bisschen Aktivität von meinem Mann versorgt. Aber jetzt war sie endgültig aus ihrer jahrelangen Schläfrigkeit erwacht und wollte alles – und das so hart wie möglich!

Die Handschellen rasselten, schoben sich an dem Pfeiler auf und ab. Meine Füße scharrten unruhig und hilflos auf dem Boden in einem winzigem Radius. Ich stieß meine Hüfte zu allen Seiten und genoss jeden Moment meiner Wehrlosigkeit. Die Geilheit, die sich in mir aufbaute, war schwindelerregend. Meine Brüste bebten, die blutroten Warzen auf ihrer Mitte zuckten bei jeder neuen Berührung. Meine Lippen sprangen von den sinnlosen Versuchen, ihn in die Hand zu beißen, auf. Meine Schamlippen hatten sich an diesem harten Schwanz festgesogen. Ich konnte sie schmatzen und schlürfen hören, konnte fühlen, wie sie sich unverschämt treiben ließen. Ich zitterte vor Furcht zu jedem neuen Hieb, ausgeführt durch sein gnadenloses Schwert und gierte jedem neuen Hieb vor Wollust entgegen.

Seine Blicke durchbohrten meine Augen bei jeder Berührung aus seiner Hüfte. Er keuchte, schwitzte, konnte nur mühsam seinen Wunsch, es sich selbst dabei zu besorgen, unterdrücken. Er fand es genauso geil wie ich, mich so unnachgiebig zu besitzen, mich so gnadenlos zu unterwerfen, das las ich in seinen Augen. Seine kräftigen Beine schoben die Lenden erneut in Position, sodass sein Schwanz immer wieder zustoßen konnte. Ich spürte einen heißen Schwall heißer Lust durch meinen Körper schießen. Und auch wenn er sich noch so sehr bemühte, es sich möglichst wenig anmerken zu lassen, verriet mir alles an ihm, wie geil ich und unser Sex ihn machten. Das ließ mich in Ektase immer wieder zucken, mich winden und lustvoll schreien.

***

Ich liege wie so oft mit offenen Augen nachts neben meinem friedlich schlummernden Mann und träume von anderen Männern. Ich träume ausschließlich von dominanten Typen, von echten Kerlen, die mich gnadenlos unterwerfen, deren unnachgiebiger Dominanz ich mich kompromisslos beuge. In meinen sexuellen Fantasien geht es jetzt nicht mehr um harmlosen, netten Blümchensex, sondern um hartes, wehrloses, unnachgiebiges Geficktwerden.

Mein Mann besitzt nach wie vor keinen Part in diesen Träumen, nicht mal in einer unbedeutenden Nebenrolle. Denn der Sex mit ihm bleibt normal, kalkulierbar, wobei ich immer die Stärkere in unseren sexuellen Bemühungen bin. Der Sex mit meinem Mann ist keine Fantasie wert.

Doch als ich dieses Mal neben ihm im Bett liege, bin ich nicht unglücklich, denn endlich weiß ich, was ich will. Ich werde auf eine dieser Anzeigen antworten, die da versprechen:

»Potenter Herr wartet auf devote Gespielin« oder »Unend-liche Lust durch unendliche Unterwerfung«.

Schritt für Schritt werde ich mich in diese für mich noch neue, aufrgende Welt der devoten und dominanten Gelüste treiben lassen. Und ich bin mir sicher, es werden sich Türen für mich öffnen, hinter denen Dinge auf mich warten, die ich mir selbst in meinen ausschweifendsten Fantasien nicht vorstellen kann ...

MoneyMoney

Anna hetzte die Stufen der U-Bahnstation nach oben. Zwei auf einmal nehmend hastete sie über die Plattform und sah dem Bus fluchend hinterher. Sie konnte sich nicht erinnern, wann sie das letzte Mal solch schlechte Laune gehabt hatte. Normalerweise war sie ein fröhlicher Mensch. Aber der verpasste Bus sollte nur der Anfang für einen durch und durch misslungenen Tag werden.

Ich hätte ein Taxi nehmen sollen. Scheiß auf das Geld, dachte Anna. Sie war sowieso so gut wie pleite. Mindestens zwanzig Minuten lang musste sie auf den nächsten Bus warten. Es war schwül, die Luft stickig. Das dünne Kleid klebte an ihrem Bauch und ihren Brüsten, sogar an ihrem Hintern. Diverse anzügliche männliche Blicke waren ihr nicht entgangen. Doch so anfällig sie sonst für die visuelle Bewunderung des starken Geschlechts auch war, heute empfand sie die gierigen Augen nur lästig.

Die Luft im Bus war aufgebraucht, zu viele Leute fuhren mit der Linie 48. Anna versuchte, möglichst nur in kurzen, flachen Zügen zu atmen. Die Fahrt dauerte fünfunddreißig Minuten. Von der Bushaltestelle zur Werkstatt brauchte sie zu Fuß gute zehn Minuten. Mit jedem Schritt wurde ihre Laune schlechter und das Kleid klebte mittlerweile an allen Poren fest.

***

»Der Vergaser ist kaputt«, sagte der Mechaniker knapp.

Anna betrachtete ihren wunderschönen, orangefarbenen Motorroller. Nicht wohlwollend wie sonst, sondern mit finster zusammen gekniffenen Augen.

»Die Bremsbeläge sind in katastrophalem Zustand.«

Anna schwenkte ihren finsteren Blick hinüber zu dem Mechaniker im ölverschmierten blauen Anzug, der sie interessiert betrachtete. Seine dunklen Augen hafteten auf ihrem Körper wie eine dieser Schmeißfliegen auf einem Stück Erdbeerkuchen.

»Und die Benzinpumpe ist komplett verdreckt.«

Anna hätte ihn am liebsten gepackt und geschüttelt.

»Hören Sie mir eigentlich zu? Also der Vergaser …«

Sie winkte ab. »Ja! Ich bin ja nicht taub.«

Der Mann nickte. »Okay. Aber verstehen Sie auch, was das bedeutet?« Er räusperte sich. »Also, ich weiß ehrlich gesagt nicht, ob sich eine Reparatur noch lohnt bei dem alten Teil. Kaufen Sie sich lieber einen neuen Roller. Lieber jetzt was Vernünftiges als …«

Annas Gesicht verfärbte sich rot.

Der Mann trat einen Schritt zurück. Seine Augen hafteten nicht mehr an ihrem verschwitzten Körper.

»Einen neuen Roller?!« Wütend blickte sie ihn an. »Ich habe kein Geld für einen neuen Roller! Das *alte Teil* ist alles, was ich mir zurzeit leisten kann. Also bitte ich Sie freundlichst, mir *keine* guten Ratschläge zu geben, sondern dieses *alte Teil* einfach zu reparieren!« Ihre Stimme hatte einen fast hysterischen Klang angenommen. Am liebsten hätte sie ihrem einst so heiß geliebten Roller einen Tritt versetzt. Ihr Roller, mittlerweile alt, hässlich, unbequem, unzuverlässig geworden und doch war er das Einzige, was sie noch finanzieren konnte. Dem Typen im Blaumann hätte sie am liebsten gleich einen Tritt mit versetzt, auch wenn der nichts dafür konnte, aber sie war sauer und an ihre Grenzen getrieben worden.

***

Es dauerte, bis er ausgerechnet hatte, wie viel es kosten würde den Roller noch mal fahrtüchtig zu machen. Dementsprechend hoch war auch die Summe, die ihr geradezu bösartig in den Ohren klang. Sie war mal wieder zu sorglos mit ihrem wenigen Einkommen umgegangen, hatte finanziell gesehen nicht weitergedacht. Das Bankkonto war leer. Nein, das traf es nicht. Es war leerer als leer. Gab es zu leer überhaupt einen Komparativ?

***

Als sie auf den Bus wartete, fuhren etliche Autos an ihr vorbei, wirbelten den trockenen Straßenstaub auf, hupten. Anna hörte, wie merkwürdige Typen hielten, ihr anboten, sie mitzunehmen. Sie fühlte sich fast nackt, so wie sie angesehen wurde. Nein, niemals wäre sie zu jemandem ins Auto gestiegen! Ein Fahrer rief ihr etwas Unflätiges aus dem offenen Fenster zu. Am liebsten hätte sie ihm beide Mittelfinger gezeigt. Sie war kurz davor zu heulen.

Ihre Gedanken überschlugen sich, rotierten in alle Richtungen. Sie brauchte ihren Roller, würde ihn aber nur gegen Barzahlung repariert mitnehmen können. Das Geld hatte sie allerdings nicht!

***

Der Weg zurück in ihr winziges Ein-Zimmer-Apartment gab ihr den Rest. Sie war frustriert und angeschlagen. Die Straße, in der sie wohnte, kam ihr heute besonders schäbig vor. Sie holte eine Flasche billigen Wein in dem kleinen Supermarkt an der Ecke und ließ sich in den mittlerweile abgewetzten Sessel vor dem Fenster sinken. Sie trank und rauchte, überlegte fieberhaft, wie sie zu Geld kommen konnte. Viel Geld. Das Konto gab nicht mehr her und dieser Job in der Bäckerei reichte hinten und vorn nicht aus, um sie durch die restlichen

Semester ihres Studiums zu bringen.

Es war nicht das erste Mal, dass ihr ein ganz bestimmter Gedanke kam. Aber bis jetzt hatte sie diesen Gedanken immer wieder verworfen. Nein, das hatte sie nun wirklich nicht nötig! Das wäre eigentlich das Allerletzte ... Und trotzdem tauchte dieser Gedanke immer leichter auf und ließ sich immer schwerer wieder verdrängen an diesem bedrückenden Abend, nach diesem verkorksten Tag. Er blieb in ihr kleben, wie vorher das Kleid an ihrem Körper. Anna gab sich einen Ruck. Wenn nicht heute, dann war es morgen vielleicht schon zu spät ...

Sie überlegte, wo sie ihr Glück versuchen sollte und entschied sich schließlich für eines der teuersten Hotels der Stadt. Sie vermutete, hier wäre die Chance größer, Geschäftsleute zu treffen, die etwas Abwechslung suchten und die auch bereit waren, dafür großzügig zu zahlen. Die CD begleitete sie durch die Anprobe und sie sang laut zu einem ihrer Lieblingshits mit: »Money, money, money ...« Das sollte die Devise der heutigen Nacht sein!

***

Das Herz schlug ihr bis zum Hals, als sie an dem schicken Marmortresen Platz nahm. Der Barkeeper war umwerfend attraktiv. Aber leider überhaupt nicht der richtige Mann für ihr Vorhaben. Sie fühlte sich nicht besonders wohl in ihrer Haut und summte leise, fast trotzig den inspirierenden Refrain des alten ABBA-Liedes vor sich hin. »Money, money, money ...«

Alles, was sie brauchte, war ein bisschen Glück und etwas Mut. Vielleicht wäre sie dann morgen früh ihre akuten Geldsorgen los ...

Sie bestellte sich den billigsten Rotwein, den die Auswahl hergab, und auch der war noch teuer genug. In ihrem Portemonnaie gab es nur noch einen Geldschein und auf den setzte Anna alles. Sie trank langsam. Jeder Schluck war kostbar.

Der erste Typ, der sich neben sie setzte, sah aus wie einer, der billigen Anschluss suchte. Er saß da und quatschte dämliches Zeug, ohne ihr einen Drink zu bestellen. Sie konnte keinen verwertbaren Gewinn an ihm erkennen.

Der zweite Typ war so abstoßend, dass sie auch ihn mit der Ausrede loswerden musste, sie würde auf jemanden warten.

Der nächste war ganz erotisch anzusehen, aber bei ihm war sie sich unsicher, ob der für Sex überhaupt Geld ausgeben wollte oder musste. Es war trotzdem unglaublich, wie schnell eine attraktive Frau allein in einem solchen Umfeld Anschluss finden konnte!

Anna lächelte. Das würde sie in der Zukunft berücksichtigen – wenn sie wieder wählerisch sein konnte.

Das Glas wurde leer und leerer. Wieder dieser Komparativ! Sie musste lächeln. Der Barkeeper betrachtete sie diskret und fragte sie gnädigerweise nicht, ob sie ein zweites Glas bestellen wollte. Er hatte viel gesehen, viele Menschen erlebt. Anna war sicher, er durchschaute ihre Absicht, konnte vielleicht sogar bis in ihr Portemonnaie gucken. Dankbar lächelte sie ihn an. Wenn sie an diesem Abend keiner für Geld wollte, würde sie wenigstens ihm ihre Telefonnummer zuschieben ...

Von Zeit zu Zeit sah sie sich mutig um. Blicke gab es genug, aber davon konnte sie sich nichts kaufen. Sie wurde nervös, sah auf ihre Armbanduhr. Seit fast neunzig Minuten saß sie jetzt schon hier und immer noch ohne den lohnenden Anschluss.

Und dann, endlich, stellte sich jemand neben sie, der so aussah, wie das, was sie brauchte: Ein gelangweilter Geschäftsmann, der wahrscheinlich einen langweiligen Tag in langweiligen Besprechungen verbracht hatte und vermutlich eine langweilige Ehe führte. Alles an ihm sah und roch nach Geld: Der maßgeschneiderte Anzug, die Schuhe, das Hemd, die Krawatte. Beruhigend alles!

Er bestellte zwei Mal roten Wein. Den teuersten, den die Auswahl der Karte hergab. Der Barkeeper zwinkerte ihr zu, ohne dass es sonst jemand bemerken konnte. Anna versuchte sich zu entspannen und die roten Tropfen glitten köstlich ihre Kehle hinunter. Der Mann auf dem Hocker neben ihr betrachtete sie ausgiebig und verschwendete nach der ausführlichen Betrachtung dann keine Zeit mehr.

»Berechnest du nach Stunde oder pauschal? Was ist mit drin?«

Obwohl sie vorher in alle finanziellen Richtungen gedacht hatte, überrumpelten sie seine direkten Fragen. Röte schoss ihr ins Gesicht und sie hoffte, das nicht besonders teure Make-up würde es kaschieren.

Anna hatte keine Ahnung, was ihr Körper für einen Mann wert sein konnte oder speziell für ihn. Aber sie nannte ihm ihren Preis. Entschlossen und mit fester Stimme.

Er reagierte nicht, betrachtete sie weiter. Sie konnte nicht in seinem Gesicht lesen, was er dachte. Nervös zählte sie auf, was inklusive sein würde. Der Mann trank aufreizend langsam seinen Wein aus. Hatte sie sich völlig vertan? Aber in welche Richtung? Nach oben oder vielleicht doch sogar nach unten? Hatte sie zu wenig verlangt? Wer so wenig von ihm verlangte, der konnte diese Summe vielleicht nicht für ihn wert sein ...

Schließlich lächelte er. »Ich zahle dir das Doppelte, wenn du es so machst, wie ich es am liebsten habe.«

Der herbe Rotwein brannte in Annas Kehle. Es summte in ihren Ohren, aber sie hatte sich nicht verhört.

»Keine Angst, ich bin kein Perverser. Ich will es nur so haben, wie ich es Zuhause nicht kriegen kann. Dafür zahle ich auch gern etwas mehr.« Er beglich die Rechnung, stand auf und Anna beeilte sich, ihm zu folgen.

Vor dem Hoteleingang winkte er einem Taxi. Die Adresse, die er nannte, gefiel ihr nicht. Sie hatte natürlich gehofft, sie würde sich ganz gepflegt und unspektakulär in einer eleganten Hotelsuite in blütenreiner Bettwäsche vögeln lassen können, vielleicht sogar vorher in einer luxuriösen Wanne in duftendem Schaumbad liegen, dazu teuren Champagner aus edlen Gläsern trinken und am Schluss wären Scheine von einer fremden Hand in ihre übergegangen.

Das hätte ihr gefallen. Bei der Adresse, zu der sie jetzt fuhren, würde nichts, bis auf das Wandern der Scheine, auf sie warten. Anna wusste nicht, ob sie über ihre Naivität lachen oder sauer sein sollte.

Ade, du angenehmer gepflegter Fick, dachte sie wehmütig, aber jetzt konnte sie es nicht mehr ändern. Als sie kurz die Augen schloss, schwebten vor ihrem inneren Auge Geldscheine herab, direkt in ihre Hände, daraufhin fühlte sie sich gleich besser. *Money, money, money ...*

***

Der Taxifahrer setzte die beiden direkt vor einem Stundenhotel ab, das kaum heruntergekommener hätte sein können. Anna stieg hinter ihrem Kunden die Treppe hoch und fühlte irritiert, wie ihr anfänglicher Ekel einem ganz anderen Gefühl wich, nämlich dem, allgemeiner Erregung. Dabei roch sie den abgestandenen Geruch, der hier überall in der Luft hing. Der Teppichboden unter ihren Füßen war eine einzige Schicht Flecken. Nie im Leben wäre sie hier jemals freiwillig gelandet und doch, sie bereute es nicht, mitgegangen zu sein.

Das Zimmer machte, wie zu erwarten, keinen sauberen Eindruck. Ein breites durchgelegenes Bett, ein gesprungener Waschtisch, ein alter Schrank, zwei abgewetzte Sessel ... all das auf fleckigem Boden. Anna dachte ganz intensiv an die Geldscheine und lächelte.

Sie stellte sich vor den Mann und griff ohne Vorankündigung in seine Hose. Er stöhnte sofort. Sein Glied schwoll mächtig in ihren Händen an und sie musste den Reißverschluss öffnen, damit sie genug Platz hatte. Ungeduldig zog er den Stoff runter, zerrte an dem Slip. Er hatte ein dickes Glied. Auf den ersten Blick nicht besonders attraktiv, aber es strahlte Durchsetzungsvermögen aus und das machte Anna an. Sie rieb es groß, kniete sich nieder, um es in den Mund zu nehmen. Er grapschte eisern nach ihren Schultern, drückte ihren Oberkörper vor und schob sein Becken Annas Lippen entgegen.

Ihre Zunge schlängelte sich um seine Hoden, leckte den Schaft rauf und runter und sog an dem noch ungeöffneten Schlitz auf der Eichel. Sein Glied vibrierte schnell vor Anspannung und bevor sie es vorhersehen konnte, öffnete sich der Schlitz und eine geballte Ladung Geilheit spritzte heraus. Ihr Kopf schnellte zurück und das Sperma tropfte von ihren Lippen herab. Sie war etwas irritiert von diesem hastigen Ausbruch. Er hatte nicht wie ein Mann auf sie gewirkt, der seine Geilheit nicht im Griff hatte.

Seine Hände griffen in ihren Ausschnitt, knöpften das Kleid auf – ungeduldig, herrisch. Mit einem Ruck öffnete er ihren BH und zerriss den Slip. Anna schnappte nach Luft. Was fiel ihm ein! Doch bevor sie protestieren konnte, fühlte sie eine Hand auf ihrem Mund und die andere zwischen ihren Beinen. Sie ließ es zu, dass er seine Finger an ihr Loch stieß. Mit zwei Fingern gleichzeitig packte er ihren Kitzler und massierte ihn in Sekundenschnelle zu einem glühenden Stück Lust. Überrascht stöhnte sie auf und drückte ihren Unterleib stärker in seine Hand hinein. Sie hatte ihm nicht so viel Gefühl in den Fingerspitzen zugetraut. Es gefiel ihr. Es gefiel ihr sogar sehr! Und es gefiel ihrem Körper so gut, dass er darauf mit einem kurzen, heftigen Orgasmus reagierte. Ihr Kitzler explodierte regelrecht zwischen dem massiven Druck seiner sensiblen Finger. Es zuckte und vibrierte geradezu ekstatisch in dem

Punkt zwischen ihren Schamlippen und das irritierte Anna. Normalerweise kam sie nie so schnell. Nie nach nur wenigen Handgriffen. Röte überzog ihr Gesicht. Er lachte spöttisch.

Anna wollte mehr. Sie wollte jetzt nicht mehr nur mal eben so kommen und ihn auch nicht mit ein paar Handgriffen kommen lassen. Anna wollte richtig ficken.

Er zog sie nach unten auf den fleckigen Teppichboden und der erwartete Ekel blieb aus. Anna kniete vor ihm, grätschte ihre Beine und hoffte, er würde sich keine Zeit mehr lassen. Sie hörte Stimmen draußen auf dem Flur. Eine Tür schlug zu. Erleichtert keuchte sie, als sie eine Hand wieder in ihrer Spalte fühlte. Die andere legte sich auf ihrem Mund. Sie biss spielerisch in seinen Handballen, aber er merkte es vermutlich nicht einmal. Seine Hand vor ihrem Mund roch nach purer Lust und die andere Hand in ihrem Schritt verschaffte ihr pure Lust. Sie spürte, wie sich das dicke Glied an den Innenseiten ihrer Schenkel hochschabte. Schnell war es in ihr und fing an, sie hart und ausdauernd zu ficken. Bei jedem Stoß klatschten seine Hoden an ihren Hintern. Es war ein solch vulgäres Geräusch und die Töne, die der Typ dabei von sich gab, so widerlich obszön, dass es ihr vor Lust heiß den Rücken herunterlief. Sie hatte sich einen schnellen Fick mit einem anspruchslosen Typen vorgestellt und jetzt wollte sie, dass es ewig dauerte und sie endlos geil machte. Alles um sie herum war schmutzig und sie selbst fühlte sich schmutzig, und genau das machte sie an.

Wieder spürte sie, wie sich ihr Innerstes zusammenzog, wie ihr Trieb bereit war, hochzusteigen und hervorzubrechen. Aber bevor sie kommen konnte, zog er sein Teil aus ihr heraus, spritzte seine Geilheit auf ihren Arsch und klatschte zusätzlich mit seiner Hand drauf, dabei lachte er spöttisch.

Anna schloss die Augen, fühlte sich erniedrigt und hoffte, er würde ihr noch gestatten, sich ausleben zu können. Er machte sie für ein paar Momente unsicher. Dann griff er zurück in ihren Schritt, tief rein, spielte dort unten so gekonnt, dass ihr Trieb jetzt ungebremst weiter steigen konnte. Es wurde unerträglich heiß zwischen ihren Schamlippen. Ihr Kitzler zuckte vor Ungeduld und erleichtert konnte Anna einen lauten Schrei in seine Handfläche brüllen, als ihr eigener Saft die Schamlippen tränkte und sie kam.

Er ließ ihr keine Zeit, sich von dieser massiven Ekstase zu erholen, wollte noch einmal selber ausgiebig genießen. Der Sex mit ihr war teuer für ihn. Der Mann wollte das geilst mögliche dafür erleben. Er zog sie hoch, um sie auf das Bett zu schieben. Die Matratze gab unter ihrer beider Gewicht nach. Das Bettzeug fühlte sich klamm an. Nichts roch sauber, nichts duftete frisch. Alles um sie herum war abgestanden und abgenutzt. Aber Anna hätte gerade nirgendwo anders sein wollen.

Der Körper des Mannes drückte sich schwer in ihren Rücken. Seine Hand glitt in ihre Pospalte. Anna schob ihr Becken nach oben. Wieder legte sich eine Hand auf ihre feuchten Lippen, während die andere ihre Finger in alle Richtungen gleiten ließ und für Annas Nässe sorgte. Er schob sein Schwert in sie, hieb sich weiter vorwärts. Seine Fingerspitzen fuhren dabei nach vorn, um im Gegensatz zu den harten Stößen fast zärtlich ihren Kitzler zu liebkosen. Die Kraft in seinem Schwanz wuchs weiter. Er stieß sie jetzt wirklich hart. Sie konnte das Klatschen seiner Hoden an ihrem Hintern hören und fühlen. In jedem Winkel ihres Körpers fing es an zu lodern. Sein Schwanz war ganz tief drinnen: auf dem Grund ihrer lüsternen Triebe. Es konnte nicht verdorbener werden.

Sie würde wieder kommen. Und wie sie wieder kommen würde! Inmitten von diesem obszönen Muff. Umgeben von schmutziger Lüsternheit. Vielleicht würde sie nirgendwo anders besser kommen können. Seine Finger zogen sich aus ihrer Möse und wanderten über ihren schwitzenden Leib nach oben, bis zu den Brüsten. Sein Atem verbrannte ihren Nacken. Seine Fingerkuppen kniffen in ihre Brustwarzen und sein Schwanz stieß sie immer weiter vorwärts, zielstrebig auf den Gipfel der Lust zu.

Anna krümmte sich zusammen, bäumte sich in alle Richtungen. Vor ihren Augen blitzte es grell und in ihrem Unterleib tanzte es lichterloh. Wie ein unkontrollierbares Feuer breitete sich ihr Orgasmus aus. Von hinten nach vorn und von vorn nach hinten. Sie fühlte, wie die Lust aus ihr tropfte, zwischen ihren Pobacken herauslief. Wie sich die Lust vorn mit der Lust hinten vermischte und alles zusammen zu einer großen Lache sprudelnder Geilheit wurde. Anna stieß einen lauten, heiseren Schrei aus und schloss besiegt die Augen.

***

Beschwingt stieg sie in ein Taxi, drückte die Handtasche mit dem Geld fest an sich und fuhr nach Hause. Sie war innerhalb von zwei Stunden um sehr viel reicher geworden. Ihren heiß geliebten Roller würde sie schon morgen abholen können, auch ein paar schicke Fummel könnte sie sich gönnen und vor allem für ein paar Wochen entspannt leben! Ihr Körper war wund, ihre Gedanken aufgewühlt. Es war ohne Übertreibung einer der ausgefallensten Ficks ihres Lebens gewesen. Und auch ohne diese lukrative Bezahlung, die ihr noch dazu den finanziellen Hintern rettete, wäre es genialer Sex geblieben. In keinem noch so eleganten Hotelzimmer, auf keinem noch so edlen Laken hätte sie geiler gevögelt werden können.

***

Anna saß noch eine Weile in dem abgewetzten Sessel in ihrem winzigen Apartment, in dieser schäbigen Gegend, in dem tristen Wohnhaus. Sie hatte sich zum ersten Mal an einen Fremden verkauft. Zum ersten Mal ihren Körper für Geld angeboten. Sie war nicht nur überaus großzügig dafür bezahlt worden, sondern auch überaus genial dabei befriedigt worden.

Anna trank den Rest des billigen Weins aus und sah sich in ihrer Wohnung um. Sie brauchte schönere Möbel. Aber nicht nur das, sie wollte eine andere Wohnung in einer besseren Gegend. Außerdem gab es noch so viele coole Klamotten und scharfe Dessous, die sie gern tragen würde.

Sie zog die stilvolle Visitenkarte aus ihrer Handtasche.

»Ich bin oft in der Stadt«, hatte er zum Abschied gesagt.

Anna lächelte zufrieden. Und genau das würde sie ausnutzen ...

Zwischenstopp

Die Boeing neigte sich der Erde zu, schob sich langsam abwärts durch die dichte Wolkendecke. Dabei wurde sie unsanft von unterschiedlichen Luftschichten hin und her geschubst. Marc schloss genervt die Augen. Der Flug war bis jetzt alles andere als angenehm gewesen. Schon kurz nach dem Start war der Transatlantikflug von ständigen Böen und Luftlöchern gebeutelt worden. Das Lunch-Menü musste eine Stunde verspätet serviert werden. Während des gesamten fast achtstündigen Fluges galten die Anschnallzeichen. Normalerweise flog Marc ganz gern. Er hatte sich im Laufe der letzten Jahre an die vielen Konferenzen gewöhnt, die oft weit weg vom Standort seiner international tätigen Firma stattfanden. Der Job, weit oben auf der Managementebene, erforderte nun mal seine Anwesenheit bei gewissen Treffen. Auch außerhalb von Deutschland. Meistens vertrieb er sich die Flugzeit mit letzten Vorbereitungen auf die Treffen, manchmal konnte er ein erfrischendes Nickerchen halten. Bei diesem Flug hatte er sich weder konzentrieren und schon gar nicht schlafen können. Seine Stimmung war dementsprechend gereizt. Er fühlte sich angespannt und absolut unausgeglichen.

Die Maschine befand sich jetzt im direkten Landeanflug und wurde noch einmal mit voller Wucht von mehreren kräftigen Seitenwinden nacheinander getroffen. Die Passagiere blieben zwar ruhig, viele aber waren mittlerweile sichtlich gestresst nach diesen turbulenten Stunden in der Luft und das befreite Aufatmen, nachdem das Fahrwerk den Boden berührte, war allgemein zu hören. Aus dem Cockpit erklangen zum Abschluss noch entschuldigende Worte. Schließlich erloschen endlich die Anschnallzeichen über ihren Sitzen. Marc überlegte, wie er die drei Stunden Aufenthalt am Flughafen in Miami am besten nutzen konnte, bevor es weiterging, und hoffte, sich einen dieser Ruhesessel zu sichern, in dem er vielleicht ein bisschen schlafen konnte.

***

Der Flughafen war wie immer voll und laut, die komfortablen Ruhesessel alle belegt. Marc spürte, wie seine gereizte Stimmung immer gereizter wurde und wusste, das wiederum war sehr schlecht für das bevorstehende Meeting mit den Gründern der geplanten Zweigstelle in Mexiko. Er setzte sich an die nächstbeste Bar und bestellte sich einen Drink. Etwas, das er sonst nicht tat.

Der Whiskey beruhigte seine Nerven augenblicklich. Er trank in kleinen Schlucken und fühlte, wie seine schlechte Stimmung zur besseren umschlug. Doch das lag aber nicht nur an dem Getränk, sondern auch, und vermutlich vor allem, an der jungen Frau hinter der Bar, die ihm das Getränk mit einem sehr reizenden, intensiven Lächeln servierte.

Normalerweise war Marc kein Mann, der sich schnell auf einen Flirt einließ. Er war, wo immer er auch war, meist sehr fokussiert auf sein Business. Und er führte eine aus seiner Sicht gute Beziehung mit einer Frau, die ihn sich fokussieren ließ, ohne sich dabei vernachlässigt zu fühlen. Er hatte Marion noch kein einziges Mal betrogen und hatte das auch nicht vor. Aber der Gedanke, fremdzugehen, stieg trotzdem auf einmal in ihm hoch und das Gefühl, unbedingt mit einer anderen schlafen zu wollen. Er betrachtete die junge Frau hinter der

Bar und ihrem so beeindruckenden Lächeln war nur schwer zu widerstehen.

Sie war klein, fast zierlich, südamerikanischer Abstammung. Ihre langen schwarzen Haare hatte sie zu einem raffinierten Knoten nach oben gesteckt. Der Hals darunter war anmutig. Ihre Haut hatte einen bezaubernden Bronzeton und wirkte so glatt und vollkommen, dass er sie gern berührt hätte. Ihre dunklen Augen funkelten vergnügt und der kirschfarbene Mund lockte betörend dazu.

Er durfte sich keinen zweiten Drink erlauben und fand das sehr schade in diesem Moment. Er beobachtete die Frau, wie sie mit geschmeidigen Bewegungen hinter der engen Bar vor und zurück tänzelte und trotz der vielen Kunden immer wieder Zeit fand, ihm dieses ganz spezielle Lächeln zu schenken. Marc sah auf seine Uhr. Noch zwei Stunden und zwanzig Minuten blieben ihm, bevor er für den Weiterflug einchecken musste.

Die Frau hinter der Bar fand sogar die Ruhe, ein paar Worte an ihn zu richten und der Klang ihrer Stimme vertrieb den Rest seiner schlechten Stimmung. Maria war aus Mexiko – was für ein netter Zufall – und lebte schon länger in Miami, wie so viele mexikanische Einwanderer, weil das Leben hier auch für Maria so viel mehr zu bieten hatte, als in ihrem Heimatland. Sie schien ein sehr fröhlicher, lebensfroher Mensch zu sein. Er konnte sich vorstellen, wie ihr die Menschen, und vor allem die Männerherzen, in Miami nur so zuflogen.

Sie sah wohl seine Blicke auf die Armbanduhr, denn sie ließ ganz nebenbei die Bemerkung fallen, dass sie gleich eine halbe Stunde Pause hätte. Marcs Stimmung bekam mit diesem Satz einen regelrecht inspirierenden Aufschwung. Er bestellte sich einen doppelten Espresso und sog gierig ihren nach Mandarine duftenden Geruch ein, als sie sich sehr nahe zu ihm beugte. In seinen Gedanken hatte sie die weiße Bluse schon ausgezogen und ihm den Espresso nur in einem schwarzen durchsichtigen BH serviert. Ihre Brüste waren klein und rund, mit dunklen, kräftigen Nippeln darauf, die vorwitzig durch die Spitzenborte des BH-Stoffes lugten. Marc wusste, Maria war genau das, was er brauchte, um in ein paar Stunden vollkommen entspannt und mit sich und der Welt wieder im Reinen in diesem wichtigen Meeting zu stehen.

Als die Zeit für ihre Pause gekommen war, schob sich Maria grazil um die Bar herum und ging mit ruhigen, zielstrebigen Schritten vor ihm her. Er lächelte voller Freude beim Anblick ihrer sich sanft von einer Seite zu anderen wiegenden Hüften.

Er hatte noch nie Sex mit solch einer exotischen Schönheit gehabt und stellte sich dazu einige Besonderheiten vor. Ihr kleiner Hintern zeichnete sich züchtig, aber umso verlockender, unter dem kurzen, knappen Rock ab. Die zierlichen Beine steckten in eleganten hohen Schuhen. Da war etwas in ihrer selbstverständlichen Haltung, das ihn annehmen ließ, sie hätte es sich zu einer Art Hobby gemacht, ihre Servicepausen speziell zu nutzen.

Sie führte ihn durch verschiedene Gänge. Schließlich standen sie vor einer Tür, die Maria aufschloss. Sie zog ihn in einen kleinen Raum, eine Art private Umkleidekabine, und drückte die Tür sorgfältig hinter ihnen zu.

Ihre Stimme war purer Balsam, ihr Akzent ausgesprochen sexy. »Du bist angespannt. Ich werde dafür sorgen, dass du dich gleich sehr viel besser fühlst.«

Marc zweifelte keinen Moment an ihrer Aussage. Wenn jemand ihn jetzt entspannen konnte, dann war das nur sie. Er stellte seine schwere Aktentasche ab und gab sich ganz in Marias zarte Obhut.

Sie lockerte seine enge Krawatte, zog sie ihm über den Kopf und hängte sie ordentlich an einen Kleiderständer. Dann knöpfte sie langsam und aufreizend sein weißes Oberhemd auf und hängte es ebenfalls auf einen Bügel. Diese Frau wusste, was sie tat und was ihm guttun würde.

Ihre Hände waren sanft und zärtlich, als sie über seine Brust glitten. Die langen Fingerspitzen hatten eine Methode, mit seinen Brustwarzen zu spielen, dass Erregung geradezu sprunghaft in ihm hochstieg. Maria beugte sich herab und lutschte an den Brustwarzen, wie noch keine Frau daran gelutscht hatte. Jede Bewegung ihrer Zunge war dabei vollkommen sinnlich. Die Zunge benahm sich geradezu virtuos und glitt zielstrebig weiter nach unten über seinen Bauch, um für kurze erregende Momente in seinen Bauchnabel zu tauchen.

Dann öffnete Maria seine Hose und zog sie mit einem kräftigen Ruck herab. Ihre Zunge glitt tiefer, war an seinem Geschlecht gleich ein absoluter Volltreffer.

Marc bäumte sich vor, griff gleichzeitig hinter sich, um irgendwo Halt zu finden und stöhnte laut. Ihre Fingerspitzen schlossen sich um seine Eichel und massierten sie mit kurzen, intensiven Bewegungen. Die mexikanische Schönheit kniete sich vor ihn und brachte ihre vollen, sinnlich geschwungenen Lippen zum Einsatz. Mit geschmeidigen Bewegungen fuhren sie über seine satten Hoden, bis weit unter seinen hoch stehenden Schaft. In gleichmäßigem Takt wechselten ihre Lippen von seinem harten Glied zu den prallen Bällen, um sie äußerst fantasievoll zu jonglieren. Ihre Technik war atemberaubend erregend. Marc hatte Zeit gehabt, sich etwas vorzustellen, aber nicht Zeit genug für so etwas ...

Die wirkliche Verführung traf ihn deshalb fast unvorbereitet und dafür umso effektiver. Mitten in diesem vollkommenen Blow Job, kurz bevor er schon meinte zu kommen, hörte sie auf, an seinem Schwanz zu saugen, drehte ihn ohne Vorwarnung um und presste ihn gegen die weiß gekachelte Wand. Seine spontane Enttäuschung legte sich sofort, als sie sich hinter ihn kniete und ihre wendigen Hände zwischen seinen Schenkeln nach vorn griffen, sie breitbeinig auseinanderschoben und aus dieser Position nach seinem Schwanz fassten.

Sein Stöhnen schwoll an und er hörte sich in seiner eigenen Sprache schmutzige Worte stammeln, die er lange nicht mehr benutzt hatte. Maria gurrte erregt dazu im Takt, als sie mit einer Hand seine Pobacken auseinanderzog, um ihre Zunge an seinen After zu heften. Es war immer sein Wunsch beim Sex gewesen, von einer Frau da hinten geleckt zu werden, aber Marion hatte für solche Praktiken fast sogar Abscheu empfunden.

Als Maria ihre Zunge in seinen Anus steckte, dehnte Marc seinen Unterleib weit nach hinten. Die Berührung in seinem intimsten Bereich, löste die unterschiedlichsten Gefühle bei ihm aus. Überraschung, Irritation. Und da war auch noch ein Rest von krampfhaft unterdrückter Scham, aber dieses Gefühl war schon durchzogen von betäubender Lust. Maria ließ ihre Zunge behutsam spielen, während sie ihre Finger erneut an seinem Schwanz und seinen Hoden kunstvoll einsetzte.

Jede Stimulation für sich war schon extrem befriedigend, aber alles zusammen erreichte eine unbekannte Sphäre überirdischer Geilheit. Marc versuchte, seinen Orgasmus bewusst zu unterdrücken, versuchte für kurze Zeit, diese überwältigende Ekstase so lange es ging auszukosten, aber die Berührungen ließen das einfach nicht zu. Seine Ejakulation war heftig. Stoßweise entlud er sich, presste sich dabei keuchend an die Wand und sah staunend zu, wie sich sein heller Saft in alle Richtungen verströmte. Er konnte sich nicht erinnern, wann er das letzte Mal einen solch heftigen Erguss gehabt hatte.

Doch Maria war noch lange nicht fertig mit ihm. Sie hatte Spielchen mit ihm gespielt oder besser ausgedrückt, sie hatte

Spielchen für ihn gespielt. Jetzt war sie dran. Denn vom krönenden Abschluss ihres sexuellen Treffens wollte sie selbst auch etwas haben. Sie zog ihn herum und Marc konnte endlich ihren wunderschönen Körper bewundern. Sie hatte die Zeit, in der er gekommen war, genutzt, Rock, Bluse und Höschen auszuziehen. Sein Zwischenstopp in Miami war zeitlich äußerst begrenzt. Sie hatten deswegen also keine einzige Minute zu verschwenden.

Der schwarze BH war transparent und genauso sexy, wie er ihn sich vorgestellt hatte, während er an der Bar an seinem Whiskey genippt hatte. Er konnte die dunklen satten Kirschen darin erkennen, die sich triebhaft durch den Stoff bohrten. Unten herum war sie komplett rasiert. Auch das wünschte er sich von der Frau, mit der er Sex wollte und auch daran fand Marion keinen Gefallen. Er starrte magisch angezogen auf dieses hell schimmernde Dreieck. Nicht ein einziges Haar war zu erkennen. Ihre Spalte hatte sich geöffnet und er konnte sehr genau ihren roten Kitzler sehen, von Lust gehärtet. Er konnte sogar die ersten lüsternen Tröpfchen ausmachen, die den Kitzler befeuchteten und sein gerade noch erschlafftes Glied fing an, sich zu formen, brauchte kaum Zeit, sich wieder aufzurichten.

Marc streckte seine Finger aus, um direkt in diese Spalte zu gleiten und sie größer zu machen. Seine ganze Aufmerksamkeit galt dem kleinen harten Mittelpunkt in diesem rasierten Zentrum. Dieses Mal kniete er sich auf den harten Boden, um ganz nahe dran zu sein. Er stülpte gierig seine Lippen über den harten Kern, sog ihn aus den schützenden Pforten ihrer Vagina heraus, um ihn vollständig schmecken zu können. Der Geschmack ihres Kitzlers allein war schon betörend. Fruchtig, mit einem Hauch frischer Mandarine, und verführerisch, so wie der Duft ihrer Haut ihn schon an der Bar verführt hatte. Und je mehr er sog, umso saftiger schmeckte es in seinem Mund. Marc griff in ihre Arschbacken, zog den schmalen

Unterleib näher heran und stöhnte seine Gier in die tropfenden Schamlippen hinein.

Maria ließ sich zu ihm auf den kalten Boden herabgleiten und zog ihn über sich. Sie konnte ihre Schenkel unglaublich weit spreizen. Alles dazwischen roch nach nasser Lust und fruchtiger Geilheit. Marc zerrte sich mit einer Hand die maßgeschneiderte Hose ganz runter. Für einen Moment lang verhakte sie sich an seinen Knöcheln. Er fing an zu schwitzen, wurde unruhig, weil er das so heiß begehrte Ziel, das doch schon so nahe vor ihm lag, nicht direkt erreichen konnte. Er riss an dem edlen Stoff. Ein Mal und noch ein Mal. Dabei war es ihm egal, ob das teure Teil unter seiner rohen Behandlung leiden würde. Noch ein Ruck und endlich konnte er seine Beine weit genug auseinanderschieben.

Seine kräftige Hüfte rutschte über ihre festen Oberschenkel, dann weiter nach oben und blieb auf ihrer schmalen Hüfte liegen. Maria griff nach seinem Nacken und zog sein Gesicht neben ihren Kopf. Sie hatte ihn nicht geküsst, machte auch leider keine Anstalten, damit anzufangen. Aber das, was sie ihm hier gab, reichte ihm vollkommen.

Haut an Haut schob er sich vorwärts auf und dann in sie. Sein Harter drängte sich in den weichen, glattrasierten Schoß, sprengte die Möse und stieß sich, an ihrem Kitzler vorbei, in die enge Grotte. Sein Glied wurde gierig hineingesogen und mit einer Kraft umklammert, dass es schmerzhaft bis in seine Lenden zog.

Marias Fingernägel hatten sich sanft, aber sicher in seinen Rücken gekrallt und drückten seinen Körper bei jedem Stoß dichter an sie heran. Er stieß sie härter, weil er spüren konnte, dass sie es so und nicht sanfter wollte. Sie legte ihre Schenkel auf seine Schultern, weil sie hoffte, er könnte so noch härter in sie eindringen. Die glatte Haut an ihren Schenkeln schabte an seinen sorgfältig rasierten Wangen entlang. Alles an ihr duftete so unglaublich frisch und verführerisch. Ihre dunklen braunen Augen strahlten ihn zustimmend an, als er sie besonders tief traf. Ihr roter sinnlicher Mund verzog sich dabei zu einem lustvollen Stöhnen. Ihre weißen, ebenmäßigen Zähne blitzten auf. Er betrachtete die feinen Schweißperlen, die sich in ihrer Halsbeuge sammelten. Die exotische Schönheit schien es zu genießen, wie er sie fickte, schien sie wirklich geil zu machen, wie er es ihr besorgte. Marc fühlte sich großartig.

»Komm , mach's mir. Mach's mir gut. Ich weiß, du kannst es ...«

Ihre Worte spornten ihn nur noch mehr an und er nutzte alle Kräfte, die er in seinen Lenden mobilisieren konnte, um es ihr richtig gut zu besorgen.

Maria stöhnte zufrieden und auch ihr Lustpegel stieg. Mit spitzen, kurzen Schreien stieß sie ihm ihre Erregung ins Gesicht, trommelte so lange mit den Fäusten auf seinen Rücken, so lange ihr Orgasmus anhielt.

Marias Schenkel erschlafften in ihrer Umklammerung. Die bronzegetönten Beine glitten herab und Marc griff nach ihnen, zog sich aus ihrer nassen Möse heraus, obwohl er noch nicht gekommen war. Er drehte Maria auf den Bauch, schob sich mit zuckendem Schwanz zwischen ihre geöffneten Schenkel und packte sie gleichzeitig mit seinen kräftigen Händen, um ihren Hintern in die Höhe zu ziehen. Für einen Moment schloss er die Augen. Die Frage war, ob sie ihm das gestatten würde.

Nach wenigen Sekunden und ohne Worte war es klar: Sie würde es ihm gestatten. Er zitterte vor Aufregung. Sein Schwanz zuckte vor Erregung. Es war so lange her, dass er eine Frau anal gevögelt hatte. Im heimischen Bett waren alle Versuche von ihm ausgegangen und von Marion aus nur halbherzig erwidert worden. Letztendlich waren die Versuche kläglich gescheitert.

Marias Hintern war fest und zum Anbeißen. Am liebsten

hätte er seine Zähne in das feste, getönte Fleisch hineingeschlagen und die Abdrücke seines Gebisses auf ihre Haut gebrannt. Doch er hielt sich zurück und strich stattdessen sanft über die vollendeten Rundungen, freute sich über diese unbändige Lust, die er empfand. Sein Schwanz war immer noch hart genug. Er hatte sich, trotz seines Dranges, die Potenz möglichst schnell herauszuschleudern, etwas hinhalten lassen. Marc griff nach seinem Glied und setzte es vorsichtig an Marias zarter Rosette an. Mit den Fingern öffnete er den Eingang zum engen Kanal. Gerade so weit, dass er die Spitze seines Peniskopfes an den Rand des Anus schieben konnte. Mit den helfenden Fingerspitzen von ihr konnte sich sein Harter in den engen Kanal hineinwinden und langsam Stück für Stück tieferschrauben, bis es so eng wurde, dass es nicht mehr weiterging.

Es war mit Worten nicht zu beschreiben, was er fühlte. Seine Geilheit hatte eine neue Dimension erreicht, als sein Schwanz in dem schmalen Schacht sicher angekommen war. Er bewegte sich nur einige Mal ganz sachte vor und zurück und nichts konnte seinen Schwanz noch davon abhalten zu ejakulieren. Ein Ruck ging durch seine Lenden. Überall auf seiner Hautoberfläche entstand Gänsehaut. Die Kehle wurde trocken, dafür alles andere umso feuchter. Es zog in seinen Hoden und er konnte ganz deutlich spüren, wie sich das Sperma auf den Weg machte, sich kraftvoll durch seinen Penis nach außen drängte, sich durch den Schlitz den Weg freischob und schließlich mit voller Wucht hervorbrach. Marias heiseres Stöhnen vermischte sich mit seinem keuchenden Atem. Die Hitze in dem kleinen Raum war kaum zu ertragen.

Als er kam, dachte er wieder ganz beseelt: So müsste Sex immer sein!

Sie stand vor ihm. Höflich abwartend, immer noch lächelnd. Ohne Worte war klar, was sie erwartete ... Bei ihren ersten Handgriffen an seinem Schwanz war ihm der Gedanke gekommen, und nachdem sie ihm so schnell einen Orgasmus verschafft hatte, war er sicher gewesen. Die diskrete und doch professionelle Art, wie sie mit den Kondomen umgegangen war, hatte den letzten Rest möglicher Zweifel beseitigt. Ihr bezauberndes Lächeln hatte in dem Moment, als er bei ihr einen Drink bestellt hatte, ganz sicherlich ihm gegolten. Aber es hatte auch schon etlichen Männern vor ihm gegolten und würde genauso auch noch etlichen Männern nach ihm gelten, die einen Zwischenstopp in Miami und an dieser Bar einlegten.

Selbstverständlich zog er einige Scheine aus seiner Brieftasche, hoffte, die Summe sei angemessen, und drückte das Geld in Marias zarte Hand. Mit festem Griff schlossen sich ihre Finger darum, bevor sie es in ihrer Handtasche verschwinden ließ.

Mit wiegendem Schritt ging sie vor ihm her. Als sich ihre Wege trennten, lächelte sie ihn mit einem ganz besonders bezaubernden Lächeln an, das jetzt ihm galt – nur ihm.

Plötzlich hörte Marc den dringenden Aufruf aus den Lautsprechern, den letzten Aufruf für seinen Weiterflug und auch der galt nur ihm. Geradezu beflügelt lief er zu seinem Gate.

***

Die Boeing neigte sich dem bevorstehenden Landeanflug zu. Die Sonne schien durch das kleine Kabinenfenster direkt in sein lächelndes Gesicht. Der Flug war sehr angenehm gewesen. Vom ersten Moment an. Die Maschine hatte wie ein fliegender Teppich hoch über den Wolken gelegen.

Marc war völlig entspannt gewesen und hatte sich bestens noch einmal vorbereiten können. Er fühlte sich großartig. Das Treffen würde ein Erfolg werden, da war er ganz zuversichtlich. Und wenn alles so lief, wie er es sich vorgenommen hatte, dann würde er auch auf dem Rückflug einen kleinen Zwischenstopp in Miami einlegen.

SEITENSPRUNG

Susan konnte es nicht genau sagen, wann sie zum ersten Mal einen Verdacht gehabt hatte. Sie schrieb es ihrem weiblichen Instinkt zu, dass sie es bemerkte, ohne irgendwelche Beweise dafür zu haben. Sie spürte deutlich, etwas war anders geworden. Lange genug kannte sie ihn. Lange genug waren sie ein Paar. Es hatten sich Spannungen zwischen ihnen aufgebaut. Mike verhielt sich merkwürdig. Doch sie war keine Frau, die sich nur auf ihr Gespür verließ. Susan wollte einen verlässlichen Beweis dafür, dass ihr Mann sie betrog.

Sie fing also an, sorgfältig danach zu suchen, genauer zu beobachten. Schließlich fand sie, was sie suchte: Es waren ein paar lange, dunkle Haare auf einem von Mikes Sakkos gewesen, die auf keinen Fall ihr gehörten. Dann gab es eine Rechnung aus einem Floristik-Shop, die er nachlässigerweise vergessen hatte, wegzuwerfen. Susan sah sich die Rechnung genauer an: Darauf stand ein teures Rosenbouquet. Wann hatte *sie* eigentlich zum letzten Mal Blumen von ihrem Ehemann geschenkt bekommen? Das musste ewig lange her sein. Die fast schon obligatorische Perlenkette zu dem einen Geburtstag und das passende Armband zum nächsten. Alles Last-Minute-Geschenke. Mehr waren das nicht, mehr fiel Mike nicht ein ...

Susan fand sogar eindeutige Geruchsspuren an einem Slip, den Mike ganz hinten in die Waschmaschine gestopft hatte. Hinzu kamen diese immer häufiger auftretenden Momente seines leicht entrückten Benehmens ihr gegenüber und im Allgemeinen. Die üblichen Überstunden im Büro waren irgendwann nicht mehr plausibel und als er zu oft auch an den Wochenenden fadenscheinige Fehlzeiten erklären musste, wusste sie, der Seitensprung hatte auch ihre Ehe erwischt.

Ihre Leidenschaft war in die böse Falle mit Namen »Routine« gegangen. Und während Susan darin ausharrte, hatte sich ihr Mann einen eigenen Ausweg daraus gesucht.

Als diese Erkenntnis nicht mehr zu verdrängen war, überlegte Susan, was sie tun sollte. Der erste Impuls war, Mike zur Rede zu stellen. Ihm all die gesammelten Beweise vor die Füße zu werfen und dann auf seine Reaktion gespannt zu sein. Aber sie zögerte. Was, wenn sie erst einmal herausfand, mit wem er sie betrog, ihm nachging und versuchte, ihn sozusagen »in Flagranti« zu erwischen. Sie war natürlich ziemlich geschockt gewesen über die Erkenntnis, dass auch ihr Ehemann fremdging. Sie empfand heftige Eifersucht – aber auch Neugierde. Sie wollte gern feststellen, was für einen Frauengeschmack ihr Mann außer ihr besaß. Auf der anderen Seite war sie unsicher, wie viel sie tatsächlich wissen wollte und ertragen konnte. Susan überlegte sorgfältig. Sie wollte auf jeden Fall herausfinden, wo die beiden es miteinander trieben. Zu Hause oder in einem Hotelzimmer? Und was taten die beiden miteinander? Wie trieben sie es?

Susan stellte es sich vor, formte in ihrem Kopf mögliche Praktiken, Stellungen, dachte nach, wie Mike es ihr besorgen könnte. Oder sie ihm. Wie er sie vögelte oder sie ihn. In Gedanken sah sie die beiden nackt vor sich. Die Frau mit den schwarzen, dunklen Haaren und ihrem Mann dazu. Vermutlich nahm er sie von hinten. Das machte ihn immer am meisten an. Und Susan stellte irritiert fest: Die Vorstellung, ihr Mann besorgte es einer fremden Frau von hinten, erregte sie.

Beschämende Röte erhitzte ihr Gesicht. Sie holte sich ein

Glas Wasser, trank und füllte es wieder. Sie war irritiert und konnte diese Gedanken nicht mehr abstellen. Die Vorstellungen nahmen sogar geradezu wollüstige Formen an. Sie verstand auch nicht, wie sie so denken und empfinden konnte. Doch nach und nach legte sich ihre Entrüstung über sich selbst. Aber Susans Vorstellungen darüber, wie es ihr Mann mit seiner Geliebten trieb, blieben und wurden schließlich unstillbar ...

***

An einem späten Dienstagnachmittag rief ihr Mann an und sagte: »Liebes, es tut mir leid. Ich dachte, ich könnte heute pünktlich sein, den Abend mit dir genießen, aber leider ...« Er seufzte übertrieben. »... leider kommt mir ein Geschäftsessen dazwischen und ...«

Susan hörte nicht länger zu. Sie sah in den Spiegel und lächelte. Sie war bereit.

Er beendete das Gespräch zügig und beide legten zeitgleich die Hörer auf. Susan musste sich beeilen, wollte schnell sein. Sie musste ihren Ehemann unbedingt erwischen, bevor er das Büro verließ.

Auf der Fahrt dachte sie so komische Gedanken wie: Ob er sich für seine Affäre schön machte? Ob er andere Klamotten anzog, bevor er sie traf?

***

Susan hatte gerade ihr Auto vor dem großen Gebäudekomplex geparkt, da sah sie ihren Mann auch schon herauskommen. Er sah gut aus. Männlich. Attraktiv. Sie begehrte ihn noch immer. Und es war nicht verwunderlich, dass sie nicht die Einzige war. Es machte sie sogar ein wenig Stolz, solch einen begehrenswerten Ehemann zu haben. Mir energischen Schritten steuerte er den Wagen an, stieg schwungvoll ein und fuhr los. Es bedurfte in den folgenden zwanzig Minuten ihrer ganzen Fahrkunst, ihn nicht aus den Augen zu verlieren.

Trotz heruntergekurbelter Fenster, trotz offenem Schiebe-
dach, wurde es stickig in ihrem kleinen Auto. Der Tag war heiß
gewesen und der Abend ließ sich Zeit, die Temperaturen zu
senken. Schweiß bedeckte ihre Stirn und kroch langsam über
ihren Rücken. Sie umklammerte mit feuchten Handflächen
das Lenkrad. Sie schwitzte aber nicht nur wegen der Temperaturen, sondern auch aus Nervosität, aus Erregung. Sie konnte
es kaum erwarten, bis Mike seine Affäre traf.

Er fuhr ab, Richtung Park. Die beiden würden sich also
draußen treffen, um es unter freiem Himmel zu treiben. Es
war so lange her, dass Mike es mit ihr in der freien Natur
getrieben hatte. So lange her ...

***

Die Affäre sah gut aus. Natürlich. Susan hatte nichts anderes
erwartet. Die langen, dunklen Locken, die weibliche Figur,
das hübsche Gesicht ... alles zusammen musste einen Mann
wie ihren unwiderstehlich verführen.

Die beiden küssten sich leidenschaftlich zur Begrüßung und
spazierten sehr entspannt in den Park hinein. Sie verließen
den Hauptweg schon nach wenigen Minuten und bogen in
einen angrenzenden Wald, auf einen dieser weit verzweigten
schmalen Pfade. Immer weiter vom Parkplatz weg und von
möglichen anderen Park- oder Waldbesuchern.

Susan folgte ihnen mit einem Herz, das ihr wild bis in den
Hals hinaufschlug. Sie konnte kaum glauben, was sie tat. Sie
müsste umkehren. Was, wenn sie entdeckt würde? Wie beschä-
mend würde das für sie sein. Gerade vor dieser anderen Frau ...

Hinter einem Baum blieb sie kurz stehen und zögerte. Doch
sie schlich entschlossen weiter. Sie konnte nicht anders!

Es war einfach, ihnen zu folgen, weil sie sich sicher fühlten.
Beide waren wie benebelt vor Geilheit aufeinander.

Immer schmaler wurde der Pfad. Und plötzlich waren sie

wie verschluckt von dem dichten Dickicht. Susan befürchtete schon, sie verloren zu haben. Doch da, da waren sie wieder, auf dieser winzigen Lichtung, umgeben von Bäumen und Buschwerk. Beide fingen sofort an sich auszuziehen.

Der untreue Ehemann knöpfte ungeduldig die enge Bluse auf, presste gierig sein Gesicht zwischen die vollen Brüste, die auch ohne Büstenhalter in Form blieben. Feste Brüste, die sich nach oben bogen, mit satten Spitzen in der Mitte. Seine Zunge leckte um die harten Brustwarzen herum, die sich wie zarte Knospen öffneten.

Die Frau ließ sich ausgiebig von seinen Liebkosungen stimulieren, bis die Sehnsucht nach seinem Glied anscheinend wichtiger wurde. Sie kniete sich auf den uneben Waldboden. Ihre langen, gepflegten Finger bewegten sich geschmeidig. Der Reißverschluss seiner Hose klappte auseinander. Die Hose fiel ganz herunter, bis seine Beine heraussteigen und den engen Slip mit herunterschieben konnten.

Die sorgfältig rot lackierten Fingernägel gaben ihren Händen einen unwiderstehlich verruchten Touch. Sie zog sein Glied ans Tageslicht und rieb es mit den Handflächen hart. Es rutschte zwischen ihre Lippen, wurde gelutscht und geleckt, während die rot lackierten Fingernägel die Hoden zu prallen Bällen streichelten.

Susan schwitzte aus jeder Pore, mit jeder Faser ihres Körpers. Sie hörte den eigenen Mann stöhnen, seine Laute waren ihr völlig unbekannt, sah sein Glied – majestätisch und stolz –, wie es vibrierte vor Lust, wie es zitterte vor Gier. Es schien, als sei es ein ganz neues, von ihr noch nicht ergründetes Sexobjekt, das er vor seinem Unterleib trug, mit ungeahnten Fähigkeiten. Sie wünschte, es würde in ihrem Mund liegen.

Die Frau hatte große Freude daran, es ihm gut zu besorgen. Ihre Hände schlugen besitzergreifend in seinen Hintern, zogen seinen Unterleib ran. Das Glied drängte sich tiefer in den Mund. Die Hoden schlugen gegen die roten Mundwinkel, immer wieder und immer heftiger. Das Glied schob sich jetzt komplett zwischen die Lippen. Susans Hals wurde eng. Ihre Fingernägel krallten sich in die Rinde des Baumes, als heller Saft aus diesen roten Mundwinkeln hervorquoll. Saft, der von Susans eigenem Mann kam und jetzt über das Kinn der fremden Frau lief, an ihrem hellen Hals hinunter, bis in das Dekolleté hinein, weiter über die entblößten Brüste und erst vor den nach oben gebogenen Spitzen halt machte.

Susan schwitzte. Sie fieberte vor Empörung und Erregung. Genauso hatte sie seinen Schwanz immer gewollt: außer sich vor Gier und Geilheit nach ihren Lippen, ihrem Mund ihrer Zunge ... Selten hatte sie ihn so bekommen. Bei ihr war sein Schwanz immer nur halbe Kraft gefahren, das wusste sie jetzt.

Mike zog die Frau auf den Waldboden. Hungrig beugte er sich über sie. Riss den kurzen Rock nach oben. Susan hatte es kaum anders erwartet. Die Frau trug kein Höschen. Vermutlich hatte sie schon im Auto das überflüssige Teil ausgezogen. Warum hatte Susan sich das nie getraut? Nie ihren Mann überrascht mit ohne etwas darunter?

Susan konnte deutlich die blank rasierte Möse sehen. Wie oft hatte ihr Mann sie gebeten, unten herum alle Haare wegzurasieren, aber sie hatte ihm ohne wirklichen Grund trotzdem nie diesen Gefallen getan. Dabei sah es geil aus, musste sie zugeben. Und vor allem, es machte ihn geil! Er vergrub seine Lippen in der nackten, fremden Frucht, lutschte ausgiebig und sog wollüstig daran, bis die Frau ihren Unterleib aufbäumte und satte Seufzer sehnsüchtiger Erregung ausstieß.

Seine Hände wanderten über den Frauenkörper. Sie bekamen nicht genug von den nackten Körperstellen, wollten überall gleichzeitig sein. Seine Finger glitten auch in ihren Unterleib, bewegten sich dort auffällig in alle Richtungen, bis Seufzen nicht mehr ausreichte. Nicht einen Gedanken verschwendeten die Frau daran, jemand könnte sie hören. Nicht einen Moment vergeudeten sie damit, sich umzusehen.

Mike zog seine Finger heraus, damit er seinen Schwanz dafür reinstecken konnte. Nie hatte Susan ihn vor einem Erguss so satt glänzend gesehen, so vibrierend vor Vorfreude, in dieses vulgäre Loch stoßen zu können. Susan biss sich auf die Köchel der geballten Fäuste, als der Schwanz ihres eigenen Mannes sich in die fremde Frau hineinpresste. Sie konnte zu viel sehen und den Rest noch erahnen. Das Glied kannte sich aus, bewegte sich auf bekanntem Terrain. Die Frau öffnete ihre Schenkel weiter, schob sich Mike so sehr entgegen, bis sich ihre Finger in seinem Nacken miteinander verschlingen konnten. Er grub sich mit beiden Händen in den unebenen Waldboden, auf dem ihr Hintern lag, und hob ihn an, damit ihre Körper mit jedem neuen Stoß besser miteinander verschmelzen konnten.

Susan starrte fasziniert auf den Unterleib ihres Mannes. Wie stetiger Rhythmus ihn ergriff, wie sich dieser Rhythmus steigerte ... Sie konnte nicht daran erinnern, wann er sie zuletzt in einem solchen Rhythmus gefickt hatte. Unermüdlich, endlos schien er ficken zu können. Fantasievoll und feurig. Sie wünschte, es wäre *ihr* Unterleib, in den er stoßen würde. Sie wünschte, *sie* würde auf dem unebenen Waldboden vor ihm liegen ...

Die Frau kam schon wieder – schnell und heftig – und ihre spitzen stöhnenden Laute tönten wie Geschosse in Susans Ohren. Susans Körper zitterte jetzt regelrecht, und zwar so stark, dass ein trockener Zweig davon unter ihren Füßen brach.

Die Köpfe von den beiden schnellten hoch, blickten in die Richtung, aus der das Geräusch gekommen war. Weit aufgerissene Augen bohrten sich in Susan, die vor Scham am liebsten im Waldboden versunken wäre.

Ihr Mann starrte sie an. Fassungslos. Völlig starr vor Schreck und Scham. Seine Gesichtstönung wechselte zwischen Weiß und Rot. Seine Pupillen schossen Pfeile auf sie ...

Die Frau war sichtlich entspannter, aber es war ja auch nicht ihr Mann, der da stand. Sie drückte sich hoch und flüsterte Mike etwas ins Ohr. Sein Kopf schüttelte sich vor Ungläubigkeit. Die Frau sprach weiter auf ihn ein. Eindringlich. Alles in ihm schien sich zu sträuben und es dauerte, bis sein Widerstand brach.

Er richtete sich auf, sein Glied rutschte aus dem befriedigten Unterleib heraus. Trotz des Schocks und des brutalen Coitus Interruptus, war es immer noch hart und produzierte hellen Saft, der an dem geradezu königlich erhabenen Schwanz herablief.

Susan wurde so unwiderstehlich und magisch von diesem tropfenden Schwanz angezogen, dass sie nicht anders konnte, als sich aus ihrer Starre zu lösen und sich langsam auf das Paar zuzubewegen.

Sie stellte sich hinter ihren Mann, griff durch seine gespreizten Schenkel hindurch, bis an seinen schönen Harten und die prächtigen Hoden, und massierte ihm alles so unerbittlich, dass er vor überraschter Geilheit hilflos aufstöhnte.

Er beugte sich nach vorn, vergrub seinen Kopf in dem weiblichen Schoß der Frau und stöhnte diese Geilheit in die feuchte Möse hinein. Susan ließ nicht locker, bis es aus ihm herausschoss. Damit brachen alle Dämme. Wie in Rage drehte er sich um und griff nach seiner eigenen Frau.

Er schob alles, was störte, zur Seite und zerriss den braven Slip mit unbeherrschten Bewegungen. Dann stieß er sie nach hinten auf den Boden und presste mit den Knien ihre Beine breit. Sein Glied fühlte sich vertraut an, die Art wie es sie behandelte, nicht. Susan warf den Kopf in den Nacken und sah glücklich in das dichte grüne Blätterdach. Endlich besorgte er es ihr so, wie sie es sich schon so lange gewünscht hatte. Endlich begehrte er sie so, wie sie es schon immer verdient hatte.

Sie schloss die Augen, um sich besser treiben lassen zu können. Die fremde Frau hätte sie fast vergessen, wenn ihr nicht plötzlich dieser intensive Duft in die Nase gestiegen wäre. Sie erkannte den Geruch weiblicher Lust und ließ die Augen geschlossen, um ihn noch besser genießen zu können. Susan hatte diesen Geruch bei sich selbst nie so wahrgenommen und war wie betäubt davon, wie verlockend er war. Sie spürte das sanfte Vibrieren des weiblichen Geschlechts dicht vor ihren Lippen, griff blind nach dem wollüstigen Fleisch und krallte spontan ihre Finger in die weichen Schenkel. Sie tastete sich weiter mit geschlossenen Augen vorwärts, dahin, wo schwüle Wärme herrschte. Ihre Finger massierten sich vorwärts, umhüllt von dieser Schwüle. Sie wechselten schnell von schüchtern auf eindringlich. Susan empfand viel Lust und wollte mehr davon.

Sie wölbte ihre Lippen vor und schob sie über den harten Kitzler, sog sich daran fest, als wollte sie ihn nicht wieder loslassen. Die fremde Frau drückte sich wie in Zeitlupe hoch und Susan zog sie blitzschnell wieder herab. Die schönste Stimulation fand in Susans Mund statt. Beide Frauen schaukelten sich darin in sanfter Ekstase.

Sie fand Geschmack an der aufsteigenden Nässe. Jetzt wollte sie auch sehen, was so gut schmeckte, öffnete ihre Augen in dem Moment, als sich Mike nach vorn beugte, um seine Geliebte zu küssen. Sie roch seine Geilheit, während er sich in ihrem Unterleib zum Höhepunkt stieß und die fremde Geliebte sich an Susans Zunge befriedigte. Wellen unersättlicher Gier breiteten sich in Susans Unterleib aus, überschwemmten ihre Fähigkeit, klar denken zu können.

Mike war gierig, wurde einfach nicht müde. Sein Schwanz blieb hart. Er rollte sich zur Seite, betrachtete für wenige intensive Momente zufrieden den zuckenden Leib seiner Frau und griff nach der Geliebten. Schnell drückte er sie auf dem unebenen Waldboden auf den Bauch, schob ihre Beine auseinander und stieß sein Schwert treffsicher in sie. Kurz hielt er inne, sah Susan an. Ihr Blick vermischte sich zu einem beiderseitigen Einverständnis.

Und so fing er an, seinen Unterleib mechanisch mit präzisen Stößen zu bewegen. Sein Gesicht verzerrte sich. Susan lag auf dem Rücken und betrachtete die beiden schwer atmend und fasziniert.

Sie wusste nicht, wie das Gesicht plötzlich in ihren Schoß gekommen war. Unerwartet trafen sie die fremden Lippen an ihrem Geschlecht und ihr Körper reagierte sofort mit heißen und kalten Schauern. Diese unbekannte Berührung traf sie mit einer solchen Wucht, dass sie froh war, auf dem Boden zu liegen, da sie sonst aus schwindelnder Höhe herabgestürzt wäre. Der Atem wurde ihr knapp. Sie krallte ihre Finger in den Waldboden, als die Zunge ihren Unterleib aufbohrte, und biss sich auf die Lippen, als die Lust nach oben stieg, zum Ausgang drängte, unter dem Druck aus der Tiefe nachgab und explodierte.

Die Zunge in ihrem Schoß wollte sie aber nicht gehen lassen. Sie grub sich tiefer vor und Susan hörte erstickte, kaum unterdrückte Laute zwischen ihren Schenkel. Schwer atmend blickte sie auf die birnenförmigen Brüste, die im Takt auf ihren Bauch schlugen, sah die harten Spitzen darauf, wie sie in ihre Haut stachen. Auch warf sie einen Blick auf den Schwanz ihres Mannes, der sich nass und glänzend aus der Frau herauszog. Susan keuchte bei dem Anblick der weiblichen Zunge, die rhythmisch in sie stieß. Diese sorgte für eine finale Welle der Wollust, die über Susan zusammenschlug und peitschte sie in eine Ekstase, die ihren Namen verdient hatte ...

Während sie sich aufbäumte, trafen sich die Blicke der Eheleute, kreuzten sich wie geschliffene Klingen. Susan sah, wie Mike sein Schwert noch einmal mit aller Kraft zum Abschluss zwischen die Schenkel seiner Geliebten stieß und sie wusste, diese Stöße galten jetzt allein ihr. Dieser Schwanz war jetzt wieder ihrer. Seine ekstatischen Bewegungen wurden nur ein wenig umgeleitet, bevor sie das eigentliche Ziel trafen: Nämlich die eigene Frau! Denn da gehörte seine Geilheit letztendlich hin.

Sie spürte diese Geilheit tief in sich. Mike lächelte Susan an und Susan lächelte zurück.

***

Zuhause erwartete Susan ihren Mann sehnsüchtig. Es dauerte nicht lange, bis er die Tür zur Wohnung aufschloss. Wieder trafen sich ihre Blicke wie gekreuzte Klingen. Dann griff er nach ihr. Sie hatte noch nicht geduscht, er auch nicht. Sie rochen beide noch nach der unersättlichen Lust zu dritt.

Obwohl sie befriedigt und erschöpft waren, trieben sie es weiter, vögelten sich quer durch die ganze Wohnung, bis sein Schwanz nicht mehr stehen konnte und ihre Möse wund gescheuert war.

Dieser Seitensprung hatte ihrer ehelichen Lust aufeinander den entscheidenden Kick zurückgegeben!

VenusFalle

Als ich sie das erste Mal sah, fühlte ich mich sofort zu ihr hingezogen. Da war etwas in ihrem Blick, in ihrem Gang, das mich mehr als interessierte, das mich erwachen ließ für den Rest. Ihr Körper war ebenmäßig muskulös, athletisch trainiert. Trotzdem wirkte er leicht und geschmeidig. Die Art, wie sie auf dem Laufband kraftvoll und lässig vor sich hin trabte, war beispiellos. Ich hatte noch nie einen Körper so auf einem Laufband sich bewegen sehen. Sie konnte bis zu einer Stunde völlig gleichmäßig laufen und nichts veränderte sich in ihrer Haltung, in der Beständigkeit ihrer Schritte. Sie schwitzte lediglich ein bisschen mehr zum Schluss als zu Beginn. Ihr Laufstil hatte außerdem etwas latent Lüsternes, das meinen Verstand benebelte und meinen Körper betörte. Ihr Laufstil wirkte erotisch elegant auf mich und ich wurde nicht müde, ihm zuzusehen.

Sobald sie sich zum Laufband begab, setzte ich mich an die Bar, um sie beobachten zu können. Als ich die kleinen runden Ausbuchtungen an ihren Brustspitzen bemerkte, die metallenen Elemente, die sich in dem elastischen, hautengen Nylonstoff abdrückten, wurden meine Sinne hellhörig. Isabelle war gepierct. Eine Tatsache, die mich geradezu euphorisch erregte. Wie lange hatte ich mich schon piercen lassen wollen und wie lange hatte ich mich das nie getraut ... Wie oft war ich um das kleine Tattoo-Studio unserer Stadt herumgeschlichen und wie oft war ich unverrichteter Dinge und ohne zusätzliche Löcher im Körper wieder nach Hause gegangen. Aber träumen wollte ich weiter davon ...

Es tat mir gut und auch wieder nicht, sie zu beobachten. Denn je länger ich die kleinen runden Ausbuchtungen betrachtete, umso mehr wurde ich davon angezogen und umso weniger gefiel mir das. Meine Gedanken wanderten weiter fragend auf ihrem Körper entlang und suchten nach den Antworten, bis ich welche fand, die mir genügten.

Ich entdeckte auch die nächste kleine runde Ausbuchtung, oberhalb ihres Bauchnabels. Das metallene Element hatte sich unterhalb ihres kurzen T-Shirts hervorgewölbt. Es funkelte mich an, von leichtem Schweiß bedeckt, und die nächste logische Überlegung meinerseits war, ob sie auch an den Schamlippen gepierct war. Und wenn ja, dann vielleicht direkt am Kitzler? Diese konkrete Vorstellung überstieg fast meine Vorstellungskraft. Meine Kehle trocknete aus und mein eigener, nicht gepiercter Kitzler nässte sich ein ...

Sie bemerkte meine Blicke wohl, denn sie sah mich mit spöttisch hochgezogenen Augenbrauen und einem kühlem Gesichtsausdruck an.

Sie bekam viele solcher Blicke, das hatte ich schon beobachtet. Meistens von Männern, aber manchmal auch von Frauen. Sie konnte sich aussuchen, welche sie genauso zurückgab. Ich sah, wie die Kerle hinter ihr her guckten und ich bemerkte auch, wie ihr der ein oder andere gefiel. Ab und zu verließ sie das Fitnessstudio mit einem Mann.

Sie stand auf Männer. Das signalisierte sie eindeutig. Aber ich glaubte fest daran, dass sie nicht nur auf Schwänze abfuhr. Zumindest hoffte ich, dass sie auch bei der richtigen Frau schwach werden könnte. Nur wusste ich nicht, wie ich das prüfen sollte, wie ich an sie herankommen konnte, um sie auf sexuelle Frauentauglichkeit zu testen. Aber ich traute mich nicht, sie anzusprechen, wartete und hoffte darauf, sie würde den ersten Schritt tun ...

***

Und dann, nach wochenlangem Taxieren und stetig steigendem Hoffen, setzte sie sich plötzlich und unerwartet neben mich an die Bar. Ich hatte sie wie immer bei der Laufbandarbeit betrachtet und war an diesem Sonntagnachmittag niedergeschlagen und kurz davor aufzugeben. Es schien sinnlos. Sie bevorzugte die männlichen Wesen beim Sex. Ich verschwendete nur meine Zeit mit ihr.

Die Tatsache, dass sie mich ansprach, zum ersten Mal überhaupt, brachte mich aus dem Konzept, aber mir auch umgehend meine Hoffnung zurück. Mein begehrliches Warten auf Isabelle war doch nicht umsonst gewesen.

Ich konnte ihren Geruch einatmen, der aus einer erregenden Mischung aus Schweiß und Weiblichkeit bestand. Wir hatten sogar für wenige Momente Körperkontakt, als sie nach meinem Power-Drink griff und ein paar zügige Schlucke daraus trank. Ich sah zu, wie der Saft ihre Kehle herunterglitt und allein das genügte, mich zu erregen.

»Das Wetter ist eigentlich zu schön, um hier drinnen so blöde vor sich hin zu laufen.«

Die Worte klangen genervt und trotzdem elektrisierten sie mich. Ihre Stimme hörte sich spröde an, aber durchsetzt mit einem sinnlichen Unterton, der mir in die Poren schlich. »Empfindest du das nicht auch so?«, fragte sie mich.

***

Am darauffolgenden Sonntag wartete ich nervös am Eingang zum Stadtpark, an dem sie sich mit mir verabredet hatte. Seit dieser ersten direkteren Begegnung an der Bar hatten wir uns nicht mehr gesehen. Ich hatte den Club gemieden, aus Angst, sie könnte mir absagen, wenn sie mich wiedertraf. Auch jetzt war ich mir unsicher, ob sie wirklich kommen würde. Und mit jeder Minute, die sie sich verspätete, war ich sicher, sie käme nicht.

Die Woche hatte sich endlos gedehnt. Ich war tagsüber unkonzentriert gewesen und nachts schlaflos. In meinem Kopf hatte es fantasievolle Purzelbäume geschlagen und in meinem Körper erregende Kapriolen.

Dann sah ich sie, erkannte sie schon von weitem an diesem erotisch eleganten Laufstil. Ich zerfloss vor Begierde nach ihr. Sie kam sehr spät, so als wenn sie mich schon ein wenig mürbe machen wollte. Sie sah hinreißend aus und trabte mit einer Leichtigkeit heran, die mich schwerfällig fühlen ließ. Direkt vor mir hielt sie an, mit gleichmäßigem Atem, und ich sah, wie sich die kleinen runden Ausbuchtungen in den Nylonstoff des engen Laufshirts drückten. Auch ihre Laufhose war sehr eng, enger als die, die sie normalerweise auf dem Laufband trug. Ich war mir sicher, als sie ihre festen Schenkel etwas grätschte, um sie zu lockern, auch zwischen ihren Beinen ein kleines rundes metallenes Element zu entdecken.

Schnell löste ich meinen Blick und setzte mich in Bewegung, lief einfach vorneweg. Ich konnte nicht länger still stehen. Die Feststellung, dass sie dort gepiercт war, wo ich es am meisten gehofft hatte, machte mich so unglaublich an. Sie trabte neben mich und ihr Geruch zog mich wie an einem durchsichtigen Band durch den Park mit. Wir liefen in gleichem Tempo, ähnlichem Rhythmus und atmeten tief die frische Luft ein. Sie hatte recht. Das Laufen draußen versetzte einem so viel mehr Adrenalin, als drinnen im Fitnessstudio. Jeder Atemzug war rein und jeder Schritt ein Genuss.

Wir liefen mal schneller, mal langsamer, mal auf der Stelle, mal spurteten wir um die Wette. Sie war in besserer Kondition als ich, das musste ich neidvoll erkennen. Aber das war auch zu erwarten gewesen. Wir sprachen kaum, nur das Nötigste.

Sie bog in kleine Nebenpfade ein, die sich weiter in einen Wald verzweigten. Ich fühlte mich schon bald verloren in diesem natürlichen Labyrinth aus dicht gedrängten Buschwerk und eng stehenden Bäumen. Sie kannte sich in diesem riesigen Stadtwald aus, schien hier endlos lange schon zu laufen. Ich folgte ihr und verlor langsam meine angestaute Nervosität. Es fühlte sich beinahe vertraut an, neben ihr her zu joggen.

Je tiefer wir in diesen Nebenpfad hineinliefen, umso weniger Leuten begegneten wir und irgendwann schien es nur noch uns und den Wald zu geben.

Abrupt blieb sie stehen. Ohne Vorwarnung. Fast wäre ich gegen sie geprallt. Sie lehnte sich an einen Baum und leckte sich mit ihrer dunkelroten Zunge über den geöffneten Mund. Ihr Atem beschleunigte sich auf einmal. Ich starrte sie an. Stumm. Meine Augen rutschten auf ihre Brüste und vor allem auf die Spitzen dieser Brüste. Ihre Brüste waren eher klein, natürlich fest und umso deutlicher wurde die Größe der Spitzen. Fasziniert konnte ich sehen, wie die metallenen Elemente sich jetzt stark durch das Laufshirt drückten.

Sie sah mich an. Ihre Zunge leckte beunruhigend intensiv über den geöffneten Mund. War das der erste Schritt, auf den ich so lange gehofft hatte?

Ich stellte mich vor sie, ganz dicht, und schob das enge Shirt nach oben, bis unter ihren Hals. Endlich stand Isabelle mit nackten Brüsten vor mir und sie waren noch schöner, als ich es gedacht hatte. Vollkommen perfekt gerundet, mit harten dunkelroten Spitzen darauf, durch die kleine metallene Ringe gezogen waren. Ich konnte mich kaum satt sehen an den geschmückten Brüsten und berührte diese Ringe erst vorsichtig, dann stärker. Jede meiner Berührungen an den Ringen machte die sensiblen Spitzen zu Wachs in meinen Fingern.

78

Isabelle gab ihre spröde Kühle auf, sobald ich die Ringe berührte. Sie stöhnte unerwartet intensiv, als ich stärker an den Ringen zog. Und als ich meinen Mund darüber schob, um sanft daran zu ziehen, fingen ihre kleinen Brüste an zu zittern und sich in meine Hände zu drängen. Für eine Weile genoss ich ihre Erregung, strich immer wieder über das feste helle Fleisch, zog stärker an den harten Ringen.

Dann konnte ich nicht mehr länger warten, es zu fühlen und fuhr mit meinen Händen nach unten, über den flachen Bauch. Ich ertastete jeden Muskel, streckte meine Finger weiter aus, bis zwischen ihre athletischen Schenkel, die sie sofort öffnete. Ich glitt in ihren Hosenbund, tastete mich nach unten, bis ich an ihr Geschlecht fassen konnte. Und da saß es: Ein kleines hartes metallenes Element, das sich selbstsicher in meine Handfläche bohrte. Zwar hatte ich es nur geahnt, aber jetzt diese Gewissheit zu fühlen, ließ mich wie elektrisiert lächeln: Isabelle war an ihrem Kitzler gepierct. Ich verging fast vor Geilheit ...

Sie zog ihr Shirt bis hinten in den Nacken hinein. Mein Mund näherte sich ihrem. Im Zeitlupentempo. Ich wollte die letzten Sekunden auskosten, in denen ich noch nicht wusste, wie es war, sie zu küssen. Ich fühlte ihren Atem auf meinen Mund, sah ihre Zunge herangleiten und dann trafen sich unsere Lippen. Diese Berührung würde ich nie vergessen ...

Wir sogen uns aneinander fest, verschlangen unsere Zungen miteinander, Hitze strömte von meinem Mund in ihren und zurück. Wir küssten uns aneinander fest, während sie meine Hand nach unten drückte.

Mit den Fingerspitzen griff ich nach dem metallenen Ring, umfasste ihn zärtlich, zog daran – kaum spürbar für mich und doch so spürbar für sie. Denn sofort fing Isabelle vor Wohlbehagen an zu seufzen. Ich konnte zwischen meinen Fingerspitzen fühlen, wie ihr Kitzler wuchs und ihre Geilheit mit ihm. Ich verschloss ihr Stöhnen mit meinem Mund, streichelte mit der einen Hand abwechselnd beide gepiercten Brustwarzen und zog mit der anderen sanft und beständig an dem gepiercten Stück Wollust zwischen ihren Beinen. Ich kann behaupten, daraus entwickelte sich der schnellste Orgasmus, den ich jemals einer Frau versetzt hatte.

Ich löste mich für einen Augenblick von ihr, wollte sie betrachten, während sie in Ekstase zuckte. Die Art, wie sie sich gebärdete, war so erotisch elegant, dass ich ihr spätestens jetzt hoffnungslos verfallen war. Sie hatte ihren Unterleib vorgewölbt. Das Zittern trieb ihn mir entgegen. Ihre Brüste wippten unruhig vor und zurück. Sie schlug ihre Fingernägel in die trockene Rinde des Baumes und stöhnte: »Was machst du da bloß mit mir?«

Auch sie hatte mich unterschätzt. Mehr noch als so viele andere vorher, die dann danach nicht mehr genug kriegen konnten ...

Ich streifte ihre enge Laufhose bis auf die Schuhe hinunter, sah, wie sie zwischen den Beinen schwitzte und kniete mich ganz nahe vor sie. Zentimeter trennten meinem Mund von dem metallenen Ring. Ich konnte den weiblichen Lustgeruch, der aus ihren geöffneten Schenkeln hervorströmte, riechen. Er vermischte sich mit ihrem frischen Schweißgeruch von der körperlichen Anstrengung. Eine unwiderstehliche Mischung für mich. Eine Geruchsmischung, der ich hilflos erliegen würde.

Meine Nase verlor jede Distanz, vergrub sich zwischen den pulsierenden Schamlippen, bis sie in diesem einzigartigen Duft fast ertrank. Isabelle lachte vor Gier und Geilheit und wartete, was ich noch mit ihr tun würde. Ich ließ mir Zeit. Stück für Stück würde ich sie verführen und von ihr Besitz ergreifen, bis sie nicht mehr genug von mir haben konnte.

Ich weiß, dass ich sehr gut fummeln und meinen Mund, die Lippen und auch die Zunge fantasievoll einsetzen kann. Aber ihre so rasant ansteigende und überschäumende Explosion überraschte mich dann doch. Ich hatte sie falsch eingeschätzt. So wie sie mich.

Danach strich ich in regelmäßigen Abständen über das kühle Teil in ihrem Bauchnabel und sogar dort entwickelte sich mit seiner Hilfe eine höchst erogene Zone, die mir bis dahin unbekannt war.

Isabelle stieß sich weiter und ausdauernd mit ihren harten Spitzen in meinen Mund, drängte sich mit ihrem pulsierenden Kitzler in meine Hand und zitterte vor Lust. Wieder küssten wir uns leidenschaftlich, wieder schob sie meine Hände zu den metallenen Ringen hin. Alle meine Finger waren im Einsatz, zogen und rieben und stimulierten sie bis in den nächsten Orgasmus. Sie biss dabei auf meine Zunge, dass es wehtat und so ließ ich mich lieber nach unten gleiten, um mich ausschließlich ihrer erogenen Mittelzone zu widmen.

Fasziniert sah ich, wie sich die Schamlippen schlossen und öffneten. Sie hatten sich in eine Art Venusfalle verwandelt. Diese fleischfressenden Pflanze, die kleine unschuldige Insekten mit der Schönheit und dem Geruch ihrer Frucht anlockt, die im Verborgenen lauert und ihre Beute unwiderstehlich anzieht, die plötzlich blitzschnell die Zunge aus der Tiefe herausstößt und damit gnadenlos vernichtet.

Ich versank in dieser Vorstellung, von Isabelles Venusfalle gefressen zu werden, und schob meine Finger zwischen die glänzenden Schamlippen, ließ mich einsaugen. Ich stimulierte sie von innen, bis sie sich wand und keuchte. Unglaublich, zu was für einer ekstatischen Ausdauer sie fähig war. Mein Mund tastete sich wieder vor, zwischen die tänzelnden Finger. Dieser Ring zog mich so an. Wenn ich ihn mit meinem Mund berühren würde, wäre ich ihm unwiederbringlich verfallen. Ich zögerte. So, als traute ich mich nicht, diese letzte Intimität zu wagen, als müsste ich ernsthaft überlegen, ob ich mich auf diese Gefahr einlassen konnte. Aber wie hätte ich noch um- kehren können! Ich hatte das angestrebte Ziel ja fast erreicht. Außerdem gab es keinen Weg mehr zurück, denn ich war ihrem gepiercten Unterleib schon mit Haut und Haaren verfallen.

Also beugte ich mich vor und schnappte nach dem klei- nen eisernen Ring, zog ihn vorsichtig in meinen Mund und konnte sehen, fühlen, hören, wie ihre Geilheit ins Bodenlose anstieg, wie ihre Lust um sich griff, mich mit sich nach un- ten zog – in die Tiefe aller Triebe. Jeder Zentimeter unserer Körper wurde von diesem Taumel der Lust erfasst. Fasziniert erlebte ich mit, wie jede noch so sanfte, zarte Berührung meiner Zunge, meiner Lippen an ihrem Mittelpunkt nicht nur sie, sondern auch mich, also uns beide, in helle Flammen wollüstiger Begierde versetzte.

Isabelle wand sich zwischen meinen Händen, die sich wie Anker in ihren festen Arsch geworfen hatten. Ich zog sie nä- her an mich ran, hielt sie umso stärker fest, je mehr sie sich wand. Diesen lodernden Punkt, in dem ich ihren Pulsschlag fühlen konnte, in dem es so triebhaft schmeckte und der so schmutzig roch, der von einem metallenen Ring durchbohrt war und sich mir so schamlos aufdrängte, den ließ ich nicht mehr los. Ich saugte und lutschte und leckte daran, bis mir der Speichel von den Lippen tropfte und meine Zunge taub wurde. Aber ich konnte nicht aufhören, wollte sie nicht los- lassen, auch wenn es schwer war, ihren zuckenden Hintern unter Kontrolle zu halten.

Plötzlich fühlte ich tatsächlich, wie es anfing zu spritzen, zu sprudeln. Ich öffne meinen Mund, sah dabei zu, wie die Lust unter ihrem Kitzler in kleinen rhythmischen Schüben um sich spritzte. So geil hatte ich Isabelle gemacht, dass ihre Lust nicht mehr normal fließen konnte, sondern in einem fontänenartigen Bogen heraussprudelte.

Sie brach ihre Fingernägel in der trockenen Baumrinde ab, riss stückchenweise Borke los und gab stöhnende Laute von sich, die inspirierende Musik in meinen Ohren waren. Sie zog mich auf den staubigen Boden, riss ihre Schenkel hoch, presste sie zur Seite und öffnet sich mir, dass es wehtun musste. Es tropfte noch immer von ihrem Kitzler ...

Schließlich warf sie mich zur Seite, riss mir alles herunter, was ihr im Weg stand, und fiel wie wahnsinnig geworden über mich her. Sie saugte sich in Sekundenschnelle zwischen meinen Beinen fest, drehte meine Brustwarzen zu allen Seiten und hörte nicht auf, mich mit Zunge, Mund, Lippen und Fingern zu stimulieren. Isabelle versetzt mich in einen solchen Rausch, dass meine Sinne bersten wollten vor Wollust.

Obwohl mich noch keine Frau so verwöhnt hatte, geschweige denn ein Mann, und es wirklich geil war, wie ich kam, so fühlte ich auch, es konnte noch besser sein. Noch intensiver. Noch berauschender. Es konnte die ultimative Lust für mich bedeuten, mit ihr zusammenzusein, wenn auch *ich* gepierct wäre. Gepierct an den gleichen Stellen wie sie. Wenn sich eiserne kleine Ringe durch meine Brustwarzen und meinen Bauchnabel drehen würden und wenn ein kleiner eiserner Ring meinen Kitzler durchdringen würde. Hätte ich das alles, was sie hatte, dann würde ich genauso vor Geilheit sprudeln wie sie, wenn sie mich anfasste.

Ich entschloss mich in genau diesem Moment, als ich auf dem Höhepunkt meiner Lust ankam, dass ich am nächsten Tag in dieses Piercing-Studio gehen würde, um endlich das zu tun, was ich schon so lange versäumt hatte. Danach würde ich Isabelle in ihrer Befriedigung ebenbürtig sein.

***

Als ich eine Woche später wieder vor ihr stand, nackt und mit vier metallenen Ringen an den richtigen Körperstellen, entzündeten schon ihre zufriedenen Blicke jede Menge sexuelles Adrenalin in mir. Als sie sich langsam mit forschenden Fingern vorwärts tastete, schoss die Lust überall dorthin, wo sie mich anfasste und von da aus strömte sie weiter. Es war wie ein Flächenbrand, den nichts mehr stoppen konnte ...

Als sie mich mit ihren schönen Lippen berührte, meine metallenen Elemente in den Mund nahm und ihre fantasievolle Zunge daran ausließ, bekam ich eine Ahnung, wie sich meine erhoffte totale Ekstase gleich anfühlen würde.

Doch als mich diese Ekstase dann einhüllte, wusste ich: Nichts hätte mich je auf diese unglaublichen Gefühle und Empfindungen, die jetzt durch meinen Körper schossen, vorbereiten können!

SexTrieb

Sarah betrachtete ausgiebig ihre pinkfarben lackierten Fingernägel. Was für eine hübsche Farbe hatte ihr das Mädchen bei der Maniküre da empfohlen! Sie war sehr zufrieden. Ihre Hände sahen perfekt gepflegt aus und die leuchtenden Fingerspitzen machten Lust. Sarah fühlte es. Sie fühlte nur noch nicht, *worauf* die leuchtende Farbe an den Enden ihrer Finger Lust machte. Sie klappte den ledernen Taschenkalender auf, um die Termine für die kommende Woche noch einmal durchzusehen. Morgen um zehn Uhr Ganzkörpermassage. Danach möglichst ein paar Stunden entspannen. Dann um sechzehn Uhr Haare beim Friseur färben und schneiden lassen. Am Mittwoch Sektfrühstück bei Janine – das dehnte sich immer bis in den späten Nachmittag aus. Am Donnerstag eine Einladung zu einer Vernissage – bei der sie vielleicht endlich dieses noch fehlende Bild für den Eingangsbereich finden konnte. Wobei sich an dem Tag um vierzehn Uhr der neue Fensterputzer vorstellen wollte ... Dann musste sie eben danach zu der Ausstellung gehen und Freitag würde sie den Einkauf für das Wochenende erledigen.

Sarah seufzte bei dem Gedanken daran. So viel war immer zu tun, und diese Woche war auch schon fast wieder rum, bevor sie überhaupt richtig angefangen hatte.

Sarah betrachtete die großen Wohnzimmerfenster. Es wurde wirklich Zeit, dass die mal wieder richtig professionell geputzt wurden. Wie gut, dass sie auf die Empfehlung einer guten Bekannten hin so schnell Ersatz für ihren letzten Fensterputzer gefunden hatte. Sarah hatte sich bitter beklagt über die bisherige Reinigungsfirma. Die waren einfach nicht gründlich genug gewesen. Es wurde immer schwerer, gutes sorgfältiges Personal zu bekommen.

Sarah hatte den richtigen Mann geheiratet. Er ermöglichte ihr ein unbeschwertes, angenehmes Leben. Zwar war er schon äußerst wohlhabend gewesen, als sie ihn getroffen hatte, doch nach der Heirat kam stetig mehr Geld dazu.

Norman liebte seine Sarah. Zwar nicht gerade heiß, aber dafür innig. Er war verständnisvoll, vergötterte sie, trug sie auf Händen. Er war treu und verfügte über einen gewissen Humor. Auch sah er ganz passabel aus, zwar war er kein Adonis, das sicherlich nicht, aber sein Charme und seine Weltgewandtheit, vor allem seine materielle Großzügigkeit, machten diverse optische Mängel absolut wett.

Sarah war nie wirklich in ihren Mann verliebt gewesen, aber über die Jahre hatte sie ihn und das Leben an seiner Seite sehr zu schätzen gelernt.

Es gab allerdings eine eheliche Angelegenheit, an der sie etwas auszusetzen hatte: Der Schwung im Doppelbett fehlte. Norman war kein Ficker. Und obwohl er sich wirklich sehr bemühte, sie auf dem Laken zu befriedigen, schaffte er das einfach nicht. Es fehlte ihm an entscheidender Fantasie. Es mangelte am richtigen Sextrieb. Er war zu sanft. Zu fürsorglich. Geradezu rücksichtsvoll. Sarah wollte hart gepackt und noch härter genommen werden. Sie wollte richtig durchgefickt werden. Aber so war ihr Ehemann einfach nicht drauf. Und im Laufe der Zeit hatte sie sich mit der nicht zu erwartenden Befriedigung abgefunden und forderte nicht mehr, als er geben konnte. Sie hatte Wege gefunden, dieses Manko zu kompensieren.

***

Kurz vor vierzehn Uhr klingelte es am Donnerstag an der Haustür.

Als Elizabeth ihr die Nummer des Mannes für saubere Fenster zusteckt hatte, hatte sie ihr dabei verschwörerisch in die Augen gesehen und heiser geflüstert. »Nur weil du eine so liebe Bekannte bist, Sarah. Normalerweise behalte ich solche Service-Schätze nämlich gern für mich.«

Nun, Elizabeth nahm sich immer etwas zu wichtig in den unwichtigen Angelegenheiten, aber sie hatte es doch geschafft Sarah neugierig zu machen. Was war das für ein Typ, dass er die spröde Elizabeth so beeindrucken konnte?

Das Telefonat mit dem Fensterputzer war kurz und sachlich gewesen, kein Mann vieler Worte offensichtlich. Aber wozu auch, Hauptsache, er verstand sein Handwerk.

Als sie ihm die Tür öffnete, war sie überraschenderweise enttäuscht. Sie fühlte, sie hatte sich ihn, warum auch immer, aufregender vorgestellt. Seine Statur war kräftig, aber der ganze Kerl doch eher gedrungen. Sein Gesicht nicht hässlich, nur zu mürrisch. Er wirkte uninteressiert. Außerdem würdigte er sie kaum eines Blickes und Sarah fühlte sich ein wenig beleidigt. Sie war schließlich attraktiv – mehr als attraktiv für jemanden wie ihn! Manieren schien er auch keine zu haben.

Hoffentlich putzt der besser als er sich benimmt ..., dachte Sarah und führte ihn in die Waschküche.

Schweigend füllte er seinen Eimer mit Wasser und Putzmittel. Dann zeigte sie ihm alle Fenster und betonte, worauf sie besonderen Wert legte. Er nickte hin und wieder und murmelte etwas, was sie nicht verstand.

Sarah war genervt und nahm sich vor, mit Elizabeth ein Wörtchen zu reden. Diese Empfehlung stellte sich bis jetzt als nicht wirklich empfehlenswert heraus!

Unschlüssig stand sie hinter dem Fensterputzer und wusste nicht so recht, was sie tun sollte. Sie entschied sich, erst einmal einen starken Kaffee zu kochen, vielleicht belebte ihn das.

***

Sie war dann doch positiv überrascht, wie schnell er arbeitete. Er hatte bereits zwei Zimmer fertig und die Scheiben waren blitzeblank, als sie ihm die Tasse Kaffee anbot. Zum ersten Mal guckte der Mann ihr ins Gesicht. Dabei kniff er die Augen zusammen. Die Intensität seiner dunklen Pupillen fuhr ihr bis unter die Haut und hinterließ erregende Spuren. Sie hatte dabei Zeit, sein Gesicht genau zu betrachten. Volle Lippen, männlich geschwungen. Sein Mund war vollkommen geformt. Die Nasenflügel kräftig ausgebildet. Die Wangenknochen breit. Seine Haut herb. Sarah konnte den Blick nicht lösen und je länger er sie ansah, umso besser gefiel ihr das. Sie riss sich schließlich los und ging zurück in die Küche, setzte sich an den Küchentisch und dachte an den Mann, der im oberen Geschoss Fenster putzte.

Seine Anwesenheit fing an, sie nervös zu machen. Sarah sah auf ihre goldene Armbanduhr. Ein Geschenk ihres Mannes. Unendlich teuer musste sie gewesen sein. Er hatte Geschmack und ein großzügiges Gemüt. Wirklich schade, dass er so unerotisch für sie war.

Es war kurz vor drei. Wenn er das Tempo hielt, würde sie gegen halb vier zu der Vernissage fahren können – wenn sie das dann noch wollte ... Denn es kribbelte so schön in ihren Brustwarzen und sie glaubte, tröpfchenweise Feuchtigkeit in ihrem Slip zu fühlen. Sie würde sich doch wohl nicht einfach von so einem Typen geil machen lassen? Ihre Finger schoben sich unter den engen Rock in den seidenen Slip hinein. Tatsächlich, alles feucht zwischen ihren Beinen. So ein Typ war also tatsächlich in der Lage, sie nur durch seine bloße Anwesenheit geil zu machen. Es war eben einfach zu lange her, dass sie guten Sex gehabt hatte. Es wurde dringend Zeit ...

Sie hörte ihn erst, als er hinter ihr stand. Er wäre durstig, ob sie ein Mineralwasser für ihn hätte. Er setzte die Flasche an die ebenmäßig geschwungenen Lippen und trank gierig. Er war schweißnass unter dem T-Shirt. Es war verständlich, dass er vorzog, es auszuziehen. Seine Brust war breit und muskulös. Sein Bauch flach, sein Körper in ausgezeichnetem Zustand. Er lächelte sie an und schob sich an ihr vorbei, berührte sie dabei kurz und ging dann weiter an die Arbeit. Sarahs Gesicht hatte sich bei der Berührung gerötet. Sie sah, wie sich die Muskeln in seinem Gesäß bei jedem Schritt durch die passgenaue Arbeitshose drückten. Das Atmen fiel ihr auf einmal schwerer. Sie griff nach der Flasche Wasser, die er eben noch an seinen Lippen gehabt hatte und nahm hastige Schlucke daraus. Das Gefühl, indirekt seine Lippen zu berühren, erregte sie sehr.

Sie stand da und lauschte, wartete, während sie ihn sich nackt vorstellte. Sollte sie ihm nachgehen? Doch dann kam er auch schon die Treppe herunter. Seine Arbeit in der oberen Etage war getan. Er war wirklich sehr effektiv. Sie hörte ihn im Wohnzimmer hantieren und blieb weiter in der geräumigen Küche sitzen. Die Küchenfenster würde er vermutlich zum Schluss putzen. Schweißperlen sammelten sich in ihrem Nacken, bis sich das Haar dort anfing zu kräuseln. Sie sah an ihrer seidenen Bluse hinunter. Im Bereich der Brustwarzen hatten sich dunkle Flecke gebildet. Sarah fühlte den Schweiß jetzt auf ihrem Rücken und zwischen den Beinen. Es war kurz nach vier. Sie hoffte, sie würde nicht mehr zu dieser Vernissage gehen können.

Sein Hinterteil war das vermutlich geilste männliche Hinterteil, das Sarah jemals gesehen hatte. Sie war nicht überrascht, dass er auch seine Arbeitshose auszog, als er schließlich in die Küche kam. Ein wenig vielleicht, weil er darunter nichts anhatte. Das entblößte Hinterteil war ein echtes Prachtstück. Sehr kräftig, aus purer Muskelmasse geschaffen. Zum Reingreifen gemacht. Ihre Fingerspitzen zuckten nervös. Von diesem Arsch ging eine Anziehungskraft aus, der nicht zu widerstehen war.

Sie seufzte hörbar, als sie es endlich sah – sein Geschlechtsteil. Es war vollendet. Absolut vollkommen. Wie konnte ein solch durchschnittlicher Mann einen solch überdurchschnittlichen Schwanz haben?

Er drehte sich ganz zu ihr um, ließ ihr Zeit, es zu betrachten, bis er sicher sein konnte, dass sie allein dem Anblick seines Schwanzes verfallen war. Sarahs Augen wurden schmal, ihre dunklen Pupillen fokussierten sein Glied und sahen staunend zu, wie schnell es hart wurde. Es war noch nichts passiert und er hatte schon einen Harten. Einen großen, dicken Harten. Sarah musste überlegen, wann sie zuletzt eine solche Keule gesehen hatte.

Er zog die Augenbrauen wegen ihres unverschämten Blickes hoch, und widmete seine ganze Aufmerksamkeit den Fenstern in der Küche.

Sarah saß da, betrachtete ihn wie ein Raubtier seine Beute. Lauernd. Keine Bewegung seiner Muskeln entging ihr. Sarah hielt es schließlich nicht mehr aus, setzte zum Sprung an – und sprang.

Sie presste ihre Brüste gegen seinen Rücken. Ihre gepflegten Hände mit den pinkfarbenen Fingernägeln glitten großflächig über seine Hüften nach vorn, vom Bauch abwärts, zielstrebig zu seinem Schwanz. Mit einer Hand griff sie nach seinen Eiern, die lebendig schienen, vollgepumpt mit männlichem Saft. Mit der anderen Hand umklammerte sie seinen stark ausgeprägten Schaft und schob ihn mit aller Kraft auf und ab. Während sie seinen Schwanz bearbeitete, blieb er erstaunlich gelassen und ließ sich trotzdem nicht von seiner Arbeit abhalten. Strich für Strich putzte er die Fenster weiter, und nur wenn sie ihr eigenes Keuchen kurz anhielt, konnte sie hören, dass auch sein Atem lauter geworden war.

Sarah ließ sein Glied los, um die Knöpfe ihrer Bluse aufzureißen. Sie brauchte Luft. Alles wurde ihr zu eng. Wann würde er endlich aufhören, diese verdammten Fenster zu putzen? Wie konnte er so teilnahmslos bleiben? Wie oft hatte er schon gelassen weitergeputzt, während irgendeine notgeile Hausfrau seinen Steifen dabei lüstern gerieben und danach gegeifert hatte, von diesem Teil gnadenlos gespalten zu werden?

Und dann – endlich – ließ er doch alles fallen, drehte sich langsam zu ihr um und sagte ruhig: »Könnte ich vielleicht kurz duschen? Ich ficke lieber sauber …«

Sarahs Gesicht überzog sich mit schamvoller Röte. Wie er sich im Griff hatte … Wie er sie in ihre Schranken wies … Ganz cool! Ganz lässig! So etwas war ihr noch nie passiert!

Auf wackeligen Beinen führte sie ihn in das exklusive Gästebad und wünschte, er würde sie, so verschwitzt wie er war, endlich packen und ficken. Ganz hart ficken.

Unruhig trommelte Sarah mit den Fingerkuppen auf der glänzenden Marmoranrichte, während der Fensterputzer unter der Dusche stand. Sie wollte diesen Mann so sehr! Sie wollte seinen strammen Arsch, seinen harten Schwanz, die prallen Hoden, den flachen Bauch, die breite Brust und die muskulösen Schenkel. Sie wollte den ganzen Mann so sehr haben, dass sie sich auf den Nagel ihres Zeigefingers biss und zusah, wie der Lack abblätterte.

Hinter der satinierten Glaswand konnte sie erkennen, wie er gerade seinen Schwanz ausgiebig wusch und sie biss sich auch auf den lackierten Zeigefingernagel der anderen Hand. Er nahm das Ding zwischen seine Hände und massierte das duftende Duschgel grob ein, wusch ausgiebig die Eichel und summte dabei vor sich hin. Pinkfarbener Nagellack blätterte herab. Ihr Slip musste runter! Seine animalische Ausstrahlung machte sie so gierig, wie auf das erste Glas Champagner nach einer wochenlangen Alkoholabstinenz!

***

Seine Stimme schreckte sie hoch. »Ich brauche ein Handtuch.«
Und Sarah beeilte sich, es ihm zu reichen. Vielleicht ließ er sie
zugucken, wie er seinen Körper abtrocknete. Vielleicht würde
er sie sogar bitten, seinen Körper abzutrocknen. Er spielte so
geschickt mit ihr, sah sie so abschätzend an, als sie ihm das
Handtuch in die ausgestreckte Hand drückte, dass sie diesem
Blick kaum standhalten konnte.

Er würde warten, bis sie ihre sexuellen Triebe nicht länger
beherrschen konnte, bis sie ihre bornierten Hemmungen ab-
werfen musste, bis ihr egal war, wer sie war.

Er nahm das Handtuch und fing an, sich damit abzutrocknen. Sehr langsam und ganz ausführlich. Vollkommen ungeniert blieb er dabei und provozierte sie. Es gab keinen Grund,
sich so herausfordernd abzutrocknen. Seine kräftigen Finger
kneteten das weiße Handtuch fest um seinen Schwanz, bis es
steil auf sie zeigte. Sarah wurde schwach vor Geilheit.

Das Handtuch fiel vor ihm zu Boden und Sarahs Knie
andächtig darauf. Sein Glied schob sich direkt in ihren geöffneten Mund. Ihre Lippen umklammerten das pulsierende
Teil und sie ließ es sogar zu, dass er in ihre Frisur griff und
ihren Kopf nach unten drückte. Das hätte sie dem Ehemann
niemals erlaubt. Aber der hätte sich das auch niemals getraut.

Sie presste ihre Fingernägel in seine angespannten Arschbacken, um sich daran festzuhalten, während sie seinen Harten
lutschte. Ihre Zunge spielte rauf und runter, schob sich in den
Penisschlitz, leckte drum herum, bis es nach Lust schmeckte
und aus dem Vibrieren auf ihren Lippen heftiges Zucken wurde.

Der Ausbruch kam schnell und heftig. Ihr Kopf schoss
zurück, sie schnappte nach Luft und sah fasziniert zu, wie
der Schwall Geilheit nach unten auf das Handtuch spritzte.

Und noch bevor sein Sperma in der weichen Baumwolle versickert war, griff er nach ihr, riss die teure Bluse mit wenigen Handgriffen einfach in Stücke. Sarah starrte ungläubig auf die Fetzen dieser wahnsinnig teuren Designerbluse. Aber sie kam nicht dazu, dem gerade entstandenen Klamottenschaden nachzutrauern, denn er presste sie auf dem Bauch auf die kalten Fliesen, zog ihr Becken hoch, riss auch den engen Rock zurück, bis ihr nackter Hintern schutzlos vor ihm lag.

Mit seinem Schenkel drückte er ihre weit auseinander. Seine Hände glitten kurz, wie abschätzend, über ihre weiblichen Rundungen, kniffen zart bis grob in ihren Hintern, bis seine Finger tief zwischen ihre Beine nach vorn griffen, direkt in ihre Möse. Abwechselnd steckte er seine kräftigen Finger in sie hinein, bis Sarah sich leicht nach hinten aufbäumte und flüsternd darum bat, von ihm gefickt zu werden.

»Ich verstehe Sie nicht. Was möchten Sie?«, fragte er.

Er hatte es sehr wohl verstanden, das wusste sie, aber er kostete ihr so offensichtliches Verlangen nach ihm aus und so musste Sarah es noch einige Male und jedes Mal lauter wiederholen, dass er sie doch bitte ficken möge und wenn es geht, auch möglichst hart ficken.

Als der erste Stoß in sie traf, wusste sie sofort, das war erst der Anfang von einer sexuellen Gier, die einmal entzündet, kaum noch zu stillen sein würde. Sarah stöhnte laut und gab die schmutzigsten Worte von sich, die ihr einfielen. Mit jedem Stoß wurden die Worte schmutziger und zum verbalen Ventil für die Lust, die er ihr zufügte. Sie musste neue schmutzige Worte erfinden, weil alles, was sie kannte, nicht mehr ausreichte, um sich auszudrücken.

Seine Stöße wurden heftig, rücksichtslos, fast brutal. Der Griff in ihre Hüfte war stählern. Die Wucht seiner Stöße trieb sie nach vorn, die Kraft seiner Hände hielt ihren Unterleib im

Gleichgewicht zurück. Sie schrie begeistert. Endlich nahm sie einer ohne Nachsicht. Endlich holte sich einer rücksichtslos, was er wollte. Endlich fickte sie mal einer. Es fing heiß an zu brennen in ihrer Möse. Die Flammen tanzten lodernd. Er nahm sie von hinten, wie sie noch keiner von hinten genommen hatte. Sein Fick war ausdauernd. Tief drang er in sie ein. Tiefer war es nicht mehr möglich. Der Schmerz war fast erträglich und unglaublich lustvoll. Sie explodierte in einem sich weit ausdehnenden Bogen überschäumender Ekstase und hatte keine Zeit, sich daran ausgiebig zu ergötzen, weil er sie hochriss und vor sich hertrug. Raus aus dem Gästebad, zurück in die Küche, wo es angefangen hatte. Er lud sie auf dem Küchentisch ab. Auf der edlen, eiskalten Marmorplatte aus Apulien.

Sie lag auf dem Rücken und starrte in seine dunklen Pupillen, die sich vor sexueller Gier stark vergrößert hatten. Sein Gesicht war lüstern verzerrt. Sie sah zu, wie sich sein Glied unbeugsam in sie bohrte und biss ihre Lippen blutig, als er die Oberschenkel neben ihren Kopf zog, um seinen Harten so tief wie möglich in ihr zu versenken. Jeder Stoß trieb ihr das Blut dröhnend in die Ohren. Sie fühlte sich regelrecht aufgespießt von seinem Sexwerkzeug, das wie eine Lanze stoßen konnte, und wartete angespannt auf das nächste Hoch, in das er sie reinpeitschen würde.

Sarah wusste, wie geil sie werden konnte – abseits der ehelichen Laken, auch wusste sie, wie verdorben sie sich vögeln lassen konnte. Bevor sie Norman kennengelernt hatte, hatte sie es ziemlich heftig getrieben. Aber was sie hier gerade verpasst bekam, das war mit nichts aus vergangenen Zeiten zu vergleichen. Sie war über sich selbst überrascht, über ihre animalische Gier, ihre obszöne Schamlosigkeit. Sie konnte nicht genug kriegen!

Der Fensterputzer zog sie hoch und sie hing wie eine Klette

an ihm, als er sie ins Wohnzimmer trug und auf den mit edlem Brokatstoff bezogenen Lieblingssessel ihrer Schwiegermutter warf.

Sie konnte sich später nicht erklären, wie es ihm möglich gewesen war, sie in diesem unbequemen Sessel zur höchsten Wollust zu bringen. Aber er schaffte es – sogar mit noch weniger Stößen, als auf dem Badehandtuch.

Sarah ließ sich in der Bibliothek auf dem Jugendstil-Schreibtisch ihres Ehemannes von hinten durchficken, und empfand kein bisschen Scham dabei. Nicht einen Moment lang. Sarah hatte Normans Existenz vollkommen verdrängt. Nur so war es zu erklären, dass sie sich dem Fensterputzer sogar auf dem ehelichen Bett hingab. Dabei krallte sie ihre Fingernägel überall rein, wo sie Haut zu fassen bekam. Ihre Brüste schlugen taktlos gegen seine Brust. Die Knochen ihrer Hüfte fühlten sich blau geschlagen an und ihre Schamlippen konnten nicht mehr aufhalten, was zwischen ihnen hervorbrechen wollte. Die edle seidene Bettwäsche tränkte sich mit zusammenfließender Lust aus seiner Potenz und ihrer Geilheit, bis der Brunnen sprudelnder Nässe verebbt war.

***

Er zählte das Geld in dem weißen Umschlag nicht nach, den sie ihm zum Abschied mit zitternder Hand reichte. Sie hatte ihn angemessen bezahlt. Sarah würde ihn von nun an mindestens einmal monatlich zum Putzen engagieren. Sie achtete immer sehr genau darauf, dass sie das Geld ihres Mannes für eigene Bedürfnisse gerechtfertigt anlegte. Überlegte gut, wie sie ihre Ansprüche damit befriedigte. Außerdem wusste Norman, wie glücklich unter anderem saubere Fenster seine verwöhnte Gattin machten. Und war sie glücklich, dann war er glücklich.

Zufrieden blickte sie durch die glänzenden Scheiben in der Küche. Endlich hatte sie wieder eine klare Aussicht, und das betraf nicht nur die Fenster ...

KLATSCHNASS

Der Regen peitschte an die Fenster. Die Wolken hingen tief und es gab kein Anzeichen dafür, dass sich dieser graue, nasse Tag noch mal erhellen würde. Miranda betrachtete missmutig die dicken Regentropfen. Das Geräusch, das sie verursachten, wenn sie auf das Glas klatschten, störte sie. Es provozierte sie fast. Was konnte man tun, an so einem Tag? Was anfangen, mit solch verregneten Stunden? Es war gleich Mittag und sie hatte sich so sehr auf diesen freien Tag gefreut, hatte so viele schöne Pläne gehabt, die aber ausschließlich mit gutem Wetter verknüpft gewesen waren.

Miranda zog die Beine auf dem alten Sofa an und fühlte sich deprimiert. Traurig lauschte sie dem Geräusch auf der Scheibe, bis ihre Gedanken sie an einen weißen Strand davontrugen. Da lag sie in ihrem teuren Bikini und machte eine gute Figur. Über sich ein wolkenloser blauer Himmel, vor sich das ozeanfarbene schillernde Meer, neben sich ein gut aussehender Mann. Die Tage waren angefüllt mit exotischen Drinks an edlen Bars, entspanntem Sonnenbaden, erfrischendem Schwimmen und süßem Nichtstun. Die Nächte waren berauscht vom Sex ...

Sie reagierte spät. Das klopfende Geräusch kam nicht vom Regen, sondern von ihrer Wohnungstür. Sie erinnerte sich daran, dass ihre Klingel kaputt war. Aufgeschreckt aus ihren einhüllenden Tagträumen setzte sie sich hoch. Sie erwartete niemanden. Mit einem unwirschen Gesicht stand sie auf und öffnete mit einem Ruck die Tür.

Der Mann, der so vehement geklopft hatte, trug nicht dazu bei, ihre trübe Stimmung aufzuhellen. Seine Erscheinung versprach eher das Gegenteil. Schon bevor er sich vorgestellt hatte, wusste sie, warum er da war. Das kleine Zeichen auf seiner rechten Brustseite sprach Bände. Die dunkelbraune schlichte Mappe unterm Arm passte dazu und der aufgesetzte wichtige Gesichtsausdruck rundete das Bild ab. Der ganze Typ roch geradezu danach, was er tat und passte zu dem, womit er sein Geld verdiente.

»Miss Lanning?«, fragte er.

Sie nickte.

»Miranda Lanning?« Wie viele Lannings sollte es wohl in diesem kleinen Kaff geben? Aber sie nickte wieder brav. Es war jetzt am besten, guten Willen zu zeigen und nach bestem Willen nett zu sein.

Sie bat ihn herein und warf einen raschen Blick in den langen Hausflur. Hoffentlich hatte niemand den Mann gesehen. Miranda vermied seine durchdringenden Augen.

»Sie wissen, warum ich hier bin?« Trotzdem klärte er sie mit den nötigsten Worten auf, zeigte ihr die Schreiben in Kopie, die sie alle schon erhalten hatte und sah sich fragend um, wo er sich setzen konnte.

Sie spürte Verzweiflung in sich hochsteigen. Als eine Art hilflosen Aufschub bot sie ihm sogar einen Tee an. Überraschenderweise nahm er das Angebot an.

Sie beobachtete ihn durch die offene Küchentür, während die Teeblätter ihre farbliche Wirkung zeigten, wie er geschäftig in einer flachen Akte blätterte und irgendwo irgendwelche Notizen hinkritzelte. Er war ganz bestimmt nicht ihr Typ Mann. Wenn sie wählen konnte, traf sie sich mit Männern, die blonde Haare hatten, schlank waren, am besten sportlich durchtrainiert und idealerweise Geld hatten. Dieser Mann war dunkelhaarig, untersetzt, fast wirkte er etwas bullig und sah so gar nicht nach Fitness Mitgliedschaft aus. Finanziell betrachtet, war er sicherlich höchstens Durchschnitt.

Miranda drehte lange Strähnen ihrer blonden Locken um die Finger. Der Regen peitschte immer noch mit der gleichen Intensität an die Fensterscheiben wie schon den ganzen Morgen. Ihre Gedanken formten sich zu einer erst noch bizarr wirkenden Idee, aus der schließlich ein handfester Entschluss wurde. Nein, dieser Typ war zwar sehr weit entfernt davon, sie als Mann interessieren zu können, aber man konnte es sich eben nicht immer aussuchen. Manchmal musste man einfach den Zweck die Mittel heiligen lassen.

Sie ging ins Bad und warf einen prüfenden Blick in den Spiegel. Es hatte schon hübschere Spiegelbildertage gegeben, aber sie sah trotzdem ganz passabel aus. Ein bisschen frisches Make-up würde allerdings nicht schaden. Sie klatschte sich frisches Wasser ins Gesicht, legte etwas getönte Tagescreme auf und zog sorgfältig ihre Lippen nach. In einem sinnlich sanften Rosenton. Wimperntusche und schwarzer Kajal halfen, ihre hellen Augen verführerisch zu betonen. Ein paar Tropfen Parfüm passten immer. Dann zog sie kurz entschlossen noch Slip und BH unter ihrem bequemen Hauskleid hervor. Ihre Brüste brauchten im Grunde auch gar keinen Büstenhalter. Die standen noch von allein. Sie griff zum Shaver, rasierte sich schnell ihren Schoß ganz glatt, massierte etwas Zitronenlotion auf die rasierte Haut und spürte ein Kribbeln, das ihre düstere Stimmung schlagartig erhellte.

Miranda zwinkerte ihrem Spiegelbild zu. Sie würde es schon irgendwie hinkriegen. Schließlich hatte sie es ja immer irgendwie hinbekommen, und auch dieses Problem würde sie lösen.

Seine Blicke waren ihr nicht entgangen. Keine offensichtlichen Blicke, auch keine anzüglichen, aber die zwei, vielleicht drei Mal, die er sie angesehen hatte, da hatte es in seinen Augen aufgeflackert. Miranda kannte diese Art von Aufflackern in männlichen Augen, es verriet sie.

Es war ihm anzumerken, dass es ihm unangenehm war, ihr eine solche Nachricht zu überbringen und ihr die Zahlrückstände Schwarz auf Weiß aufzuzeigen, die sie bereits kannte. Es war ja nicht das erste Mal, dass sie einen Gerichtsvollzieher in ihre Wohnung lassen musste. Leider war der letzte unerbittlich und jenseits von erotischem Gut und Böse gewesen. So geschickt sie es auch angestellt hatte, da war rein gar nichts zu machen gewesen.

Miranda setzte sich ihm gegenüber an den schmalen Esstisch und sah ihn sehr intensiv an. Sie hörte geduldig zu, was er zu sagen hatte und lächelte bedauernd. Dann hörte er geduldig zu, was sie zu erklären hatte und lächelte verständnisvoll. In seinen Augen blitzte es auf, als sie sich nach vorn beugte. Es war jetzt die Zeit gekommen, keine Zeit mehr zu verlieren, und auch die plausibelsten Erklärungen spielten keine Rolle mehr. Er hatte sich einige Stücke notiert, auf denen er sein Siegel kleben würde. Mit etwas Glück würde sie ihn davon überzeugen können, die neuere Mikrowelle gegen den älteren tragbaren Fernseher eintauschen zu dürfen.

Miranda stand auf und stellte sich dicht neben ihn. Sie musste jetzt alles auf eine Karte setzen. Sie konnte nur auf ganzer Linie gewinnen oder total verlieren.

Sie drückte ihren Schenkel gegen seinen Unterarm und flüsterte ihm etwas ins Ohr. Seine Körperhaltung spannte sich augenblicklich an. Obwohl er weiter auf den letzten Mahnbescheid vor sich sah, konnte sie die Irritation in ihm fühlen. Sie beugte sich wieder herab, um ihm etwas zu sagen. Sein Körper versteifte sich und sie bildete sich nicht ein, dass der Reißverschluss über seinem Geschlecht spannte. Sie konnte mitverfolgen, wie es in seiner Hose dick wurde. Ein vielversprechender Anfang. Hoffentlich lief es weiterhin glatt. Miranda erlaubte sich zumindest ein kleines bisschen aufzuatmen.

Die Worte, die sie ihm zuflüsterte, waren diesem Mann sicherlich noch nie zu geflüstert worden. Röte überzog seine Ohren und dann die Wangen. Ihre Brustwarzen verdickten sich. Das Spiel prickelte schon in ihren Brüsten. Sie presste ihren Schritt an seine Hüfte und schenkte ihm weiter fantasievoll verbale Obszönitäten. Wenn sie den Hunger und die Gier in seinen Augen nicht falsch interpretierte, würde er bald die unangenehmen Seiten seines Jobs gegen etwas wesentlich Angenehmeres vernachlässigen.

Sein Atem wurde unregelmäßig. Er sah zur Seite und an ihr hoch. Seine Augen wären gern in ihren Ausschnitt gefallen, um geradezu magnetisch an ihren Brüsten zu kleben. Daran kam niemand so einfach vorbei. Mirandas Brüste waren ihr bester Trumpf, den sie zog, sie entzündeten Erregung und schufen Gier. Egal wie verstaubt dieser Typ auch innerlich sein mochte.

Sie sah, dass er registriert hatte, dass sie keinen BH trug und merkte ihm an, wie er mit sich rang, nach dieser Fleischeslust zu greifen. Sein Kopf zögerte noch, aber sein Körper war schon weiter. Und dann griff er einfach rein: In diese prallen Brüste. Miranda stöhnte überrascht, weil sein Griff angenehmer war, als sie es sich vorgestellt hatte.

Während er ihren Ausschnitt unsanft herunterzog, so weit, dass die schweren Brüste aus dem Ausschnitt fallen konnten, überwältigte sie seine Begierde. Auch wenn Miranda mit dem, was sie hier vorspielte, berechnend sein musste, so gefiel ihr das Vorspiel unerwarteterweise ...

Es schien, als habe der Mann gerade eine Grenze überschritten, seine biederen Bedenken beiseitegeschoben. Danach würde es kein Zurück mehr geben. Waren die sexuellen Schranken hemmungslos gefallen, war der Rest ganz einfach. Miranda kannte solche Männer.

Das Geräusch des zerreißenden Kleiderstoffes machte sie an. Sie sah zu, wie er ihre Brüste oben aus dem Pulli rauszog und sie gierig zusammendrückte. Sein Mund suchte nach den harten Nippeln. Er öffnete sich hungrig und schnappte zu, stülpte seine schmalen Lippen über die dunklen Brustwarzen, die sich so leicht auf seine Zunge legten. Miranda lächelte entrückt. So viel Leidenschaft hatte sie diesem doch eher unscheinbaren Mann nicht zugetraut.

Sie ließ es staunend geschehen, wie sorgfältig er seine Hände als Werkzeug einsetzte, um sie zu erforschen. Eine Hand schob sich zwischen ihren Rockbund und die nackte Haut und tastete sich nach unten, zielsicher in ihren Schritt. Sein Stöhnen klang hart in ihrem Ohr, als er keinen Slip ertasten konnte, sondern stattdessen williges, weibliches Feuchtgebiet. Das erotische Schlaraffenland – für einen wie ihn.

Mit gespreizten Schenkeln ließ sie sich gegen die Kante des Tisches pressen und er hob sie mit einem Ruck darauf. Etwas fiel zu Boden, sprang entzwei.

Die schöne Teetasse, dachte Miranda ohne Bedauern. Der Zeitpunkt, an dem sie das noch hätte stören können, war vorbei.

Er zerrte ihren Rock hoch, drängte seine Arme zwischen ihre Knie, machte ihren Schritt weit und sein Gesicht verzerrte sich dabei so besitzergreifend obszön, dass unter anderem gerade auch dieser Gesichtsausdruck süße Feuchtigkeit zwischen ihre Schamlippen trieb.

Das Spiel nahm ungeahnte, unbekannte Formen an. Der biedere Geldeintreiber entwickelte sich zwischen ihren schweren Brüsten und ihrem leichten Schritt zu einem lodernden Stimulator. Seine Jacke hatte er zu Boden geworfen. Die Krawatte baumelte über seiner Schulter. Die kräftigen Oberarme drückten sie ganz auf den Tisch und sein Mund stülpte sich durstig über ihre Schamlippen. Als wolle er sie verschlingen. Seine Zunge stieß sich in sie, sprengte den Eingang zu ihrer überrumpelten Frucht, stieß so lange weiter dazwischen, bis sie sich gurgelnd ergab.

Miranda griff nach ihren Brustwarzen, so wie sie es brauchte, wenn sie richtig geil wurde. Die harten Brustspitzen kitzelten die Innenseite ihrer Zeige- und Mittelfinger und schon fing die Feuchtigkeit an zu fließen. Sie füllte seinen Mund. Miranda konnte seine Lippen saugen und schmatzen hören, seinen Gaumen schlucken. Sie ließ ihren Kopf nach hinten in den Nacken fallen und stöhnte befreit, ließ ihn machen, ohne zu korrigieren oder zu dirigieren, weil er es, so wie er es machte, einfach genial machte.

Sie hob den Kopf erst wieder an, als sie die Knöpfe hörte, die sein Hemd nicht mehr zusammenhalten konnten und dann den Reißverschluss, der sich Zahn für Zahn auseinanderschob. Ungehemmt griff sie nach vorn, in den sich öffnenden Reißverschluss hinein. Ihre Finger kamen sich dabei in die Quere, weil sie sich nicht beherrschen konnten, die Hose schnellstmöglich runterzuziehen.

Miranda betrachtete den Mann sehr sorgfältig, der schließlich nackt vor ihr stand. Sie kam aus dem Staunen gar nicht mehr heraus.

Sein Glied war nicht besonders groß, aber begehrenswert dick und vor allem hart. Wenn er jetzt noch damit umgehen konnte ... Und dann das Paar Hoden dazu ... Wahre Leckerbissen! Prall, gut geformt, rund und voller Lust. Als ob da Kraft drin stecken würde, die viel zu selten benötigt wurde und nur darauf wartete, endlich eingesetzt zu werden.

Sie gurrte sehnsüchtig und schob ihre Hüfte ein wenig nach vorn. Seine Finger griffen gezielt in ihre pulsierende

Mitte. Zogen die Klitoris aus dem wankelmütigen Schutz der Vagina hervor und rieben sie brennend heiß. Sein Penis wölbte sich hoch, richtete sich auf. Die Hoden drängten nach vorn, pressten sich gegen ihren Unterleib. Miranda ließ alles staunend geschehen.

Während sich sein Schwanz auf den Weg in sie machte, streckte sie ihre Finger aus, griff danach. Mit kurzen, heftigen Bewegungen massierte sie ihn, obwohl er nicht mehr härter werden konnte. Die Gier nach seinen Hoden ließ ihre Finger sich darum schließen und mit männlichem Saft zum Bersten gefüllten Bällen spielen, die vor Genuss vibrierten.

Er griff nach ihrer Hüfte, stieß dabei fast grob ihre Hände weg und raunte: »Jetzt fick ich dich!«

Diese Worte hätten aus kaum einem anderen männlichen Mund überraschender kommen können. Er wiederholte sie, als wenn er wüsste, dass sie es nicht glauben konnte.

»Jetzt fick ich dich, wie du lange nicht mehr gefickt worden bist ...«

Miranda stieß sich hoch und legte ihre Arme um seinen Hals, ließ sich zu seinem Schwanz heranziehen, der zwischen den Hoden wie ein König zwischen seinen Dienern thronte.

Als das Teil ihre kapitulierenden Schamlippen auseinanderbog, durchflutete sie eine süße Vorahnung, was sie von diesem monströsen Gebilde erhoffen konnte. Miranda sah noch, wie der dicke Peniskopf zitternd vor Lust glänzte, so wie das ganze Geschlecht.

Sie öffnete ihre Schenkel weiter und dirigierte seinen Schwanz zielsicher dahin, wo er am besten aufgehoben war. Und kaum hatte er sich in sie geschoben, traf er auch direkt, was ihr höchste Lust bescherte. Es fühlte sich an, als wenn der Orgasmus auf seinen Ausbruch nur gelauert hätte. Die Lust, die er ihr schenkte, traf sie heftig und machte sie absolut willenlos.

Sein erster Stoß war besser als angenommen: hart und rücksichtslos, so, wie sie es am liebsten hatte. Während er sie stieß, wiederholte er flüsternd im Rhythmus der Stöße, dass er sie ficken würde. Die Worte dröhnten in ihren Ohren. Ihre Vulva füllte sich mit nasser Geilheit. Miranda dehnte sich vor und bog sich zurück, griff an seiner Hüfte vorbei und versuchte, sich seine harten Hoden zu krallen, die bei jedem Stoß wild um sich schlugen. Dieses Glied durchbohrte sie, spaltete ihre Mitte in einzelne Teile. Es hatte eine Form angenommen, die sich perfekt in ihren Unterleib einfügte.

Seine Finger tasteten sich über ihre zitternde Bauchdecke, glitten weiter nach oben, fassten nach ihren Brüsten und drückten ihre Brustwarzen fest zusammen, was ihr zwar wehtat, aber sie auch richtig geil machte.

Sie konnte seinen Schwanz überall in ihrem Unterleib spüren. Sein Atem war schwer und heiß und mischte sich mit ihrem. Sie fühlte, wie sich die pure Lust in seinem Schwanz zusammenbraute, konnte kaum abwarten, bis es sie überschwemmen würde. Doch bevor ihr Höhepunkt zustande kam, zog er sich mit einem brutalen Ruck aus ihr heraus, sodass seine Lust auf ihren Bauch schoss, sich dort verteilte und zu allen Seiten wegfloss. Miranda fühlte Bedauern und Begehren, verstand sich selbst nicht mehr.

Er zog sie hoch, drehte sie auf dem Tisch herum. Wieder fiel etwas herunter und wieder war es ihr egal. Vermutlich war die andere Teetasse jetzt gerade zersprungen. Sie klammerte ihre Finger um die Kanten des alten Tisches und robbte sich in Position. Seine Oberschenkel glitten an ihren entlang. Haut schob sich auf Haut.

Er keuchte: »Jetzt fick ich dich von hinten. So richtig ...«
Miranda glaubte ihm jedes Wort.
» ... so, wie du noch nie gefickt worden bist.«

Auch das glaubte sie ihm. Ein Zittern überfiel ihren Unterleib, zog sich zu allen Seiten. Gänsehaut bedeckte ihren Hintern, ihre Brüste. Sie wartete auf den ersten direkten Kontakt und schrie leise auf, als er sich noch einmal in ihre aufgewühlte Mitte schob.

Seine Hände fassten nach ihren Schenkeln, um sie daran hochzuziehen. Dann griff er in ihren Hintern, um sie noch näher ranzuholen. Sein Unterleib verschmolz mit ihrem Unterleib zu einem Körperteil. Mit jedem Stoß rutschte sie nach vorn über den Tisch und mit jedem Zug rutschte sie wieder zurück. Ihre Brüste wurden unsanft gequetscht, ihre Brustwarzen rieben sich rau und doch fühlte sie sich bestens.

Seine Stöße wurden langsamer, blieben aber effektiv. Es passte einfach, wie er sie stieß. Sein Schwanz gehörte in ihre Möse. Die beiden schienen sich gesucht und gefunden zu haben. Ein gemeinsamer Orgasmus wäre der absolute Höhepunkt ihres Aktes. Aber vielleicht war das zu viel des unerwartet Guten. Oder doch nicht?

Sie presste sich bei jeder Bewegung intensiv gegen diese Bewegung und trieb ihre Lust damit voran. Sie wollte es jetzt unbedingt: mit ihm zusammen kommen! Sie wusste nicht, warum ihr auf einmal so viel daran lag.

Immer heftiger stieß sie zurück. Ihr Herz pochte in ihrer Brust. Sie wurde unruhig, hektisch, wie immer, wenn sie kurz davor stand. Sie fühlte, wie sich alles zusammenzog: in ihren Brustwarzen, in ihrer Möse, in ihrem Kitzler und in ihrem Hintern. Mit einem plötzlichen heißen Ruck brach es aus, explodierte und überflutete ihren Unterleib. Doch nicht nur bei ihr! Es riss auch den Unterleib des Mannes mit! Er stöhnte laut und rief währenddessen: »Jetzt ficke ich dich so richtig ...«

***

Miranda schloss die Tür hinter ihm und atmete tief durch. Das war nochmal gut gegangen. Sie hatte für die ausstehenden

Rechnungen einen Aufschub bekommen. Miranda lächelte. Wenn sie bis dahin das Geld nicht zusammenbekommen sollte, dann würde sie sich einfach nochmal diesem Gerichtsvollzieher hingeben. Vielleicht auch schon vorher, vielleicht auch sowieso ... Ihr Körper hatte einen Hunger entdeckt, der irgendwie neu war. Und als sie sich zum Abschied sogar geküsst hatten, da hatte Miranda gleich wieder Appetit auf Sex mit ihm bekommen. Leider musste er zu einem anderen zahlungsunfähigen Klienten. Aber er würde wiederkommen, hatte er ihr versprochen. Dabei hatte er sinnlich gelächelt und ganz und gar nicht mehr bieder oder verklemmt ausgesehen.

***

Sie setzte sich auf den alten Sessel und blickte nach draußen. Es machte ihr nichts mehr aus, dass der Regen immer noch an die Fensterscheibe prasselte und es heute nicht mehr hell werden würde.

Ihr fiel auf, dass es zwischen ihren Schenkeln so klatschnass war wie auf den Scheiben der Fenster. Und sie dachte: *Die besten Dinge im Leben sind und bleiben die, die man sich nicht kaufen muss ...*

NACHTBESUCH

Jennifer hatte Schafe gezählt, sich bemüht, an etwas besonders Unaufregendes zu denken, beruhigende Atemübungen zu machen, aber es schließlich aufgegeben. Es war zwecklos. Sie konnte nicht einschlafen. Es war eine dieser Nächte, die ohne Schlaf an ihr vorbeiziehen würde. Seitdem sie in der Nachtschicht arbeitete, litt sie immer wieder unter Schlafstörungen. Die Zeiger der Uhr standen auf halb zwei und sie hatte noch keine Ruhe finden können. In ein paar Stunden würde ein anstrengender Tag vor ihr liegen.

Ihre Finger suchten nach der Fernbedienung und schalteten den kleinen Fernseher ein, der auf der Anrichte vor dem Bett stand. Eine Zeitlang wechselte sie zwischen den Programmen, aber um diese Uhrzeit wurde nichts mehr gesendet, das ihr die Nacht verkürzt hätte. Sie setzte sich auf und fühlte den lauwarmen Sommerwind durch das auf Kipp geöffnete Fenster hereinwehen. Seufzend sog sie die leichte Brise ein. Resigniert schaltete sie den Fernseher wieder aus und ging in die Küche, um sich einen »Schlaf gut«-Kräutertee zu kochen. Vielleicht spielten sie in ihrer Lieblingsradiosendung ein paar coole Soulsongs.

Die sanfte Musik tat ihr gut und sie fühlte nach einer Weile, was für eine beruhigende Mischung das war: Soulmusik und Kräutertee. Sie wollte schon wieder ins Bett gehen, als eine Warnmeldung die Musik unterbrach. Zwei Männer wurden gesucht. Typen, die in anderer Leute Häuser einstiegen. Sie hatten sich auf alten wertvollen Schmuck spezialisiert. Zuletzt waren die beiden vermummten Männer in Jennifers Wohnviertel erfolgreich gewesen. Die Beschreibung der Täter folgte mit anschließender Bitte um sachdienliche Informationen. Trotz Hinweise aus der Bevölkerung war es der Polizei noch nicht gelungen, die Täter zu fassen.

Jennifer löschte das Licht und träumte lächelnd in die Dunkelheit hinein. Sie hatte immer schon eine Schwäche für Bösewichte gehabt. Für Männer, die nicht harmlos waren, die sich nahmen, was sie wollten. Die Phantombildbeschreibungen der Täter hatten sich recht vielversprechend angehört: groß, kräftig gebaut, mit breiten Schultern. Fast ein bisschen schade, dass sie keinen wertvollen Schmuck besaß. Die würden ganz bestimmt auch nur in vornehme Villen einsteigen. Sie würde also sicher nicht vor denen behelligt werden – leider ...

Für einen Moment musste sie sich selbst belächeln. Sie las einfach zu viele kitschige Romane und guckte zu viele romantische Filme. »Über den Dächern von Nizza« mit Cary Grant aus den 50igern blieb ihr Lieblingsfilm. Cary Grant als gut aussehender, charmanter und gerissener Einbrecher, der es auf den Schmuck reicher Frauen abgesehen hatte und die Polizei an der Nase herumführte.

Ihre Schwäche für Bösewichte hatte sie völlig aufgekratzt und an Schlafen war nun gar nicht mehr zu denken. Außerdem war diese wunderbare laue Sommernacht im Grunde auch zu schade, um sie einfach zu verschlafen.

Jennifer ging ins Bad, um ihren seidenen Morgenmantel zu holen. Sie betrachtete sich im Spiegel. Ihre Figur war sexy. Ihre Brüste fest. Ihre Schenkel schlank. Wie schade, dass sich so lange schon kein Mann mehr an all dem vergangen hatte ...

Sie warf den Morgenmantel über ihren nackten Körper, öffnete die Terrassentür, setzte sich auf die bequeme Sonnenliege. Jennifer schloss die Augen. Sie genoss die Leichtigkeit des Augenblicks und war froh, dass sie nicht schlafen konnte. Was für eine wundervolle Sommernacht!

Sie konnte ihre Gedanken nicht von diesen Schmuckstehlern losreißen. Was machten die wohl so, wenn die keinen Schmuck von reichen Leuten stahlen? Was für Männer waren das? Hatten sie Frauen? Welche Frauen liebten sie? Und vor allem, *wie* liebten sie? Jennifer beschäftigte sich noch ein Weilchen mit ihren Einbrecherfantasien, dann sah sie ein, dass es an der Zeit war, doch ein bisschen Schlaf nachzuholen. Der letzte Schluck des Kräutertees half ihr über den Rest von Ruhelosigkeit hinweg und sie fühlte, wie sie endlich schläfrig wurde.

***

Mit einem Ruck setzte sie sich auf. Etwas hatte sie geweckt. Ein Geräusch. Ein unbekanntes Geräusch, das nicht in diese bekannte Umgebung passte. Jennifer hielt den Atem an und lauschte. Als sie schon dachte, sie hätte sich getäuscht, hörte sie es wieder. Deutlich jetzt. Ein leises, kratzendes Geräusch. Dann noch einmal Stille. Der Wecker auf ihrem Nachtisch zeigte kurz vor vier. Die absolute Tiefschlafphase. Da herausgerissen zu werden, war anstrengend. Sie fühlte sich total schläfrig und versuchte, sich zu konzentrieren, klar zu denken. Was war das gewesen?

Sie hoffte, sie hätte sich doch getäuscht und könnte einfach liegen bleiben, ganz schnell wieder einschlafen, aber sie war sich sicher, dass etwas nicht stimmte. Langsam kroch Gänsehaut über ihren Körper bei der folgenden Erkenntnis: Sie hatte vergessen, die Terrassentür wieder zu schließen. Sie war träumerisch entspannt gewesen und einfach zurück ins Bett gegangen. Nun stand die Tür noch offen!

Die Phantombilder der Einbrecher tauchten vor ihren inneren Augen auf. Die Stimme des Nachrichtensprechers hallte in ihren Ohren. Sie musste sofort diese verdammte Terrassentür zumachen. Aber sie war wie erstarrt. Ihre Muskeln gehorchten ihr nicht und dann war es zu spät ...

Das undefinierbare Geräusch entpuppte sich als schleichendes Vorwärtstasten auf dem alten Dielenboden und kam näher. Jennifer zog die dünne Decke über ihren nackten Körper. Sie fror mit einem Mal. Die Tür zu ihrem Schlafzimmer schob sich auf und zwei vermummte Gestalten standen da. Die gesuchten Phantome aus den Nachrichten! Es gab keinen Zweifel. Das waren die Männer vor denen eindringlich gewarnt wurde!

Jennifer stieß einen leisen Schrei des Entsetzens aus und krümmte sich unter der Bettdecke zusammen. Die Gestalten standen da und sahen sie an, mit großen drohenden Pupillen, durch die Schlitze der Masken hindurch.

Sie setzten sich in Bewegung und kamen langsam auf sie zu. Dabei legte der erste Einbrecher einen Finger an den Mund. Alles war so dunkel an ihm. Selbst seine Stimme hatte einen düsteren Klang. »Ich würde dir empfehlen, nicht zu schreien. Das gefällt uns gar nicht ...«

Jennifer glaubte es ihm sofort. Nein, auf keinen Fall würde sie das tun. Sie krallte ihre Finger in die Bettdecke und versuchte, so ruhig zu bleiben, wie es in solch einer Situation überhaupt möglich war. Verwundert stellte sie fest, dass es ihr möglich war. So beängstigend diese Gestalten auch wirkten, fühlte sich Jennifer trotzdem nicht direkt von ihnen bedroht. Es waren ja auch »nur« Einbrecher, versuchte sie sich einzureden. Keine Vergewaltiger, keine Killer. Das hätten sie sonst bestimmt in den Nachrichten gemeldet.

Zwei Taschenlampen erhellten das Dunkel in ihrem Schlafzimmer. Die Männer sahen sich um. Einer kam ans Bett und beugte sich zu ihr herab. Sie konnte seinen Atem riechen. Er roch nach Pfefferminzkaugummi und war angenehm, betörte sie ein bisschen.

»Je schneller wir deinen Schmuck finden, desto eher bist du uns wieder los«, raunte er.

Sie zeigte mit zitterndem Finger auf eine kleine Kommode und hielt seinem eindringlichen Blick dabei stand.

In wenigen Sekunden hatte er die kaum wertvollen Stücke in einem kleinen Beutel verstaut. Sie waren sicher erfahren genug, zu wissen, hier würde nicht mehr zu holen sein. Die Einbrecher gingen aber trotzdem nicht. Der, der sie so intensiv betrachtet hatte, kam zurück an ihr Bett und sah sie eindringlich an. Irritiert spürte sie, wie sich ihre Brustwarzen ganz wohl unter diesem stechenden Blick fühlten und wie es anfing, in ihrem Schoß zu ziehen. Wieder hielt Jennifer diesem eindringlichen Blick stand. Sie hörte, wie der andere im Hintergrund eine Schublade aufzog und leise durch die Zähne pfiff.

»Ach, guck mal, was ich hier finde ...«

Und schon flog eines ihrer schönsten Dessous auf die Bettdecke, aus ihrem Lieblingsmaterial Latex. Ein anrüchiges rotes Stück Latexbody.

»Ach nee ... So eine bist du also!«, murmelte der andere, griff danach und drehte es zu allen Seiten.

Jennifer zog das Teil manchmal an, wenn sie Sehnsucht nach Lust hatte und niemand da, war sie zu stillen. Dann betrachtete sie sich darin im Spiegel, strich über das kühle Material und bewunderte ihre leicht vulgäre Erscheinung. Im Schritt waren Knöpfe, die sie dann langsam öffnete und die Stelle zwischen ihren Beinen anfasste.

»Da bringst du uns auf eine nette Idee ...«

Beide Männer sahen sich an und lachten leise.

»Ein bisschen Abwechslung würde uns guttun und dir sicher auch. Was meinst du, wie wunderbar entspannt du danach schlafen kannst ...«

Der Mann am Bett sah sie mit schmalen Augenschlitzen

an. »Los, zieh das an!« Sein Ton duldete keine Widerrede. »Und beeil dich.« Mit einem Ruck zog er die Bettdecke weg.

Sie lag splitternackt vor den Einbrechern. Der zweite trat näher. Auch seine Augen waren zu Schlitzen zusammengekniffen.

Jennifers Brüste begannen zu zittern. Aber nicht aus Furcht, sondern aus schmutziger Gier nach dem Unbekanntem. Der Mann streckte seine Finger nach ihr aus. Die glatten Handschuhe glitten erst über die rechte Brust, dann über die linke. Jennifer musste sich größte Mühe geben, sich nicht daran zu erregen. Er zog die Bettdecke weiter runter, bis auf die Knie herab. Seine Handschuh glitt zwischen ihre Schenkel und machte sie sofort feucht. Da war einfach nichts dagegen zu machen. Er strich ein paar Mal durch ihre Möse und sie biss sich auf die Innenseite ihrer zuckenden Lippen. Das glänzende Wäschestück fiel auf ihren Bauch. »Na los, zieh das an!«

Jennifer griff danach und setzte sich auf die Bettkante. Vier Augen verfolgten jede ihrer Bewegungen, klebten auf ihren Brüsten und zwischen ihren Schenkeln, als sie das glänzende rote Teil mit zittrigen Fingern über ihren plötzlich so heftig schwitzenden Leib streifte. Sie zog so lange daran herum, bis es so saß, wie es sitzen musste.

Einer der Einbrecher trat einen Schritt zurück, um sie besser betrachten zu können. Dann nickte er zufrieden und sagte: »Sehr gut!« Unsanft stieß er sie zurück aufs Bett, drehte sie sofort auf den Bauch und presste ihr Gesicht in das Kissen.

Mit klopfendem Herzen hörte Jennifer, wie eine Schublade aufgezogen wurde. Würden sie DAS auch finden? Für einen Moment lang war es ganz still und dann nahm sie ein leichtes metallenes Klicken wahr. Ja, sie hatten ES gefunden und ihre Handgelenke glitten ganz einfach dort hinein: in die eisernen Fesseln. Ihre Fußgelenke ließen sich ohne zu zögern einfangen und ein paar Augenblicke später waren ihre Arme und Beine gespreizt und an das kalte Bettgestell gefesselt.

Handschuhhände hoben ihre Hüfte an. Mit jedem Finger einzeln strich jemand um die Knöpfe des Latexunterteils und riss es mit einem Ruck auf. Als Jennifer den leichten Windzug zwischen ihren Schenkeln spürte, schaltete ihr Körper um: von Angst auf Lust – und sie konnte nichts dagegen tun ... Auch nicht gegen die wohligen Schauer, die durch ihren Körper liefen und eine befriedigende Mischung aus Furcht und Geilheit bildeten.

Jennifer rüttelte ein wenig an den Fesseln, aber kaum mehr an Bewegung war noch möglich. Sie war gefangen und dem fremdem Willen der Männer völlig ausgeliefert.

Die Einbrecher zogen die Handschuhe nicht aus, bevor sie ihr Opfer berührten. Es schien, als wollten sie Jennifer nicht direkt anfassen. Keine Haut-zu-Haut-Berührung zulassen, oder sie taten es aus dem Grund, um keinerlei Fingerabdrücke zu hinterlassen.

Die ledernen Finger pressten sich in den offenen Schlitz ihres Dessous, schoben sich weiter bis in ihre Möse rein. Überall fühlte sie Finger, die sie aufbrachen, einen klaffenden Spalt daraus machten, der wie eine fleischfressende Pflanze darauf wartete, die lohnende Beute mit unwiderstehlicher Nässe anzulocken und zu verspeisen. Mit Daumen und Zeigefinger rieben sie ihre Schamlippen so lange hart, bis überschäumende Nässe aus der Tiefe ihres Unterleibes hervorschoss. Eine Hand öffnete ihren Hintern, strich hart und unnachgiebig um ihren Anus herum. Und es dauerte nicht lange, bis auch der besiegt war.

Jennifer presste ihr glühendes Gesicht von selbst in das Kissen. Sie schämte sich dafür, dass ihr solche Typen solche Lust bereiten konnten. Typen, die eigentlich nur gekommen waren, um ihren Schmuck zu stehlen.

Soweit es ihr in der engen Fesselung möglich war, schob sie ihren Unterleib heraus, hoffte, lederne Finger würden auch nach ihrem Kitzler greifen.

Tatsächlich klammerten sich auf einmal zwei oder drei Finger um ihren Kitzler, zogen daran, in kleinen sanften Zügen, und erzeugten in ihr rasant anschwellende Erregung. Aus dem noch zurückhaltenden Wimmern wurde ein sehnsüchtiges Seufzen, das bald in wollüstiges Stöhnen umschlug. Sie hörte Lachen zwischen ihren Lauten und wusste, sie erniedrigte sich vollkommen vor den fremden Männern. Sie gab sich gerade vollständig preis. Ihr Kitzler fing an zu schmerzen und unter dem stetigen Druck der Finger konnte sie ihre Nässe fühlen, die sich aus ihrem Unterleib löste. Dieser Orgasmus würde berauschend sein, sie konnte ihn kaum noch erwarten. Doch bevor sie sich gehen lassen durfte, hörten die Finger ganz plötzlich auf, sie zu berühren.

»Was willst du von uns, du kleine Schlampe?« Die Stimme vibrierte verheißungsvoll und unheilvoll. »Sag schon, was sollen wir jetzt mit dir machen?«

Jennifer brauchte ein bisschen Zeit, sich verbal gehen lassen zu können, aber dann waren ihre Worte unmissverständlich und sie flüsterte beschämt, was sie sich wünschte.

»Wir sollen *was* mit dir machen? Geht das auch ein bisschen lauter?«

Sie musste es noch zwei Mal wiederholen, bis die Männer sich entschieden, es zu verstehen. Sie ließen Jennifer in dem Glauben, sie müssten darüber nachdenken, was sie von ihnen wollte, bis endlich einer seinen Kopf zwischen ihre Schenkel steckte und anfing, worum sie förmlich gebettelt hatte. Als die männlichen Lippen auf ihre Haut trafen, krümmte Jennifer sich zusammen. Eine männliche Zunge schraubte sich in sie und vergaß dabei nicht, an ihrem pulsierenden Kitzler zu lutschen. Jennifer schämte sich kein bisschen für ihre Lust, sie konnte auch nicht mehr denken, war wie berauscht. Ihre Sinne wären am liebsten übergeschnappt. Die Fesseln verhinderten, dass

114

sich ihr Körper losreißen konnte. Und da Jennifer kein Ventil für ihre Geilheit hatte, biss sie stöhnend und schreiend in das Kissen, während die Zunge sie bearbeitete.

Jennifer fühlte Zungen und Lippen, überall da, wo sie am geilsten war. Sie bäumte sich auf, den Lippen und Zungen entgegen, um bloß nichts zu verpassen. Die obszönen Leck- und Lutschgeräusche vermischten sich mit ihrem gurgelnden Keuchen und Stöhnen. Hautstück für Hautstück schoben sich lederumhüllte Finger zwischen ihre Pobacken, zogen die beiden festen Hälften energisch auseinander und schoben sich vorwärts. Die obszönen Geräusche hörten nicht auf, sondern verstärkten sich noch. Jennifers Orgasmen schossen wie kleine sprudelnde Fontänen aus der Tiefe ihres Unterleibes hervor, spritzten höher und höher. Ihre Gier konnte nicht mehr größer geleckt werden. Als Nässe nur so aus ihrem Körper lief, schob sich ein Schwanz von hinten langsam über ihre gespreizten Schenkel nach oben. Wie im Zeitlupentempo fühlte sie das jetzt. Die schabenden Laute des harten Schwanzes auf ihrer heißen Haut fügten sich in die restlichen Geräusche ein und trugen ihren Teil dazu bei, sie in einen orgiastischen Rausch zu versetzen.

Es war nicht nur diese unrealistische Situation, in der sie sich befand, es waren die männlichen Einbrecher, die so genial befriedigten. Hinzu kam diese Machtlosigkeit, sich nicht wehren zu können. Das Ausgeliefertsein an Fremde, die nachts unerlaubt in ihr Schlafzimmer eingedrungen waren, die Masken und Handschuhe trugen, und sich nahmen, was sie wollten.

Jennifer konnte nichts dagegen tun. Sie war ihren Trieben ausgeliefert.

Der erste Stoß tat weh. Jennifer zuckte zusammen. Sie war offen genug, nass genug und trotzdem rieb sich dieses Geschlechtsteil schmerzhaft an den Innenwänden ihrer Möse. Es war nicht nur lang, sondern auch groß. Sie versuchte, tief ein- und auszuatmen, zu entspannen, aber es dauerte einige Stöße lang, bis es nicht mehr so sehr wehtat. Als sie diesen schmalen Grad von Schmerz zu Lust überwunden hatte, brach etwas in ihrem Unterleib auf und produzierte nur noch sprudelnde Freude.

Während sie kraftvoll und ausdauernd gevögelt wurde, beugte der eine Mann sich ganz weit über sie und biss ihr in den ungeschützten Nacken. Gerade, als sie sich auf den ansteigenden Höhepunkt einlassen wollte, zog sich der Stimulator aus ihr heraus, um heftig und geräuschvoll auf ihren Hintern zu spritzen. Noch bevor sie darüber enttäuscht sein konnte, stieß sich das andere Glied in sie, und dieses Mal war noch eine Steigerung zu dem Mal davor.

Jennifers Körper wurde unter der Kraft der Bewegungen in ihrem Unterleib immer wieder hochgestoßen. Hitzewellen schossen kreuz und quer durch ihren Körper. Sie schaffte es, sich trotz seines Körpergewichts und der Fesseln hochzustemmen. Nicht, um ihn abzuschütteln, sondern weil sie sich bewegen musste. Wie konnte sie ruhig unter einem solch massiven Beschuss Geilheit bleiben? Seine Arme griffen nach ihren und drückten sie wieder zurück. Er war so stark. Sie hatte keine Chance und musste so liegen bleiben, ihre Ekstase unbeweglich aushalten, was kaum möglich war.

Jennifer beschimpfte beide Männer. Doch sie hörte nur Lachen als Antwort darauf. Sie bat um ein bisschen mehr Gnade. Doch als die Stöße weniger wurden und schließlich komplett aufhörten, da flehte sie darum, weitergefickt zu werden.

Obwohl sie die Kraft dieser Stöße nun kannte, war sie nicht auf die Wucht vorbereitet, mit der einer der Männer sie jetzt bearbeitete. Mit welcher Rücksichtslosigkeit er sie zum Abschluss noch einmal nahm. Am liebsten hätte sie sich die Fesseln runtergerissen und dem Spiel ein Ende gesetzt. Aber nur ihr Kopf dachte so und schrie NEIN, ihr Körper dagegen schrie JA! Ihr Körper gewann. Und so biss sie die Zähne zusammen, hoffte, dieser letzte Schmerz würde sich auch in Lust verwandeln. Das tat er. Und sie fühlte, wie sie plötzlich innerlich lichterloh brannte, die Lust in ihrem Körper aufstieg und aus ihr herausbrach. Sie schrie ihre Ekstase ins Kissen, verkrallte sich in den Fesseln. Ihr Körper zuckte und wand sich.

Während sie noch ihrem Orgasmus ausgeliefert war, fing sein Glied tief in ihr an zu vibrieren und augenblicklich zog er sich aus ihr heraus. Mit einem heftigen Ruck und einem triumphierenden Schrei presste er sich auf sie. Sie konnte hören, riechen und fühlen, wie er auf dem Höhepunkt aller Lust angekommen war und sich auf ihr verspritzte.

Ihr Körper fühlte sich leicht an, als er sich erhob. Jetzt konnte sie endlich entspannen und genießen.

Die Männer verloren keine Zeit. Jennifer lauschte ihren Bewegungen. Sie bekam Angst, die Einbrecher würden sie nicht losbinden, vergessen, die Fesseln zu öffnen – vielleicht sogar absichtlich. Doch in Sekundenschnelle war sie erlöst von den harten Griffen. Jennifer wagte es, den Kopf zur Seite zu drehen. Die Augen der Männer waren weit geöffnet. Die dunklen Pupillen riesig hinter den Schlitzen der Masken.

Sie robbte zum Kopfteil ihres Bettes, rieb sich die brennenden Handgelenke und presste ihre wunden Schenkel zusammen. Die Männer sahen sie an. Unschlüssig. Sie zögerten noch wegen irgendetwas. Dann zog der eine den Beutel mit ihrem Schmuck aus der Hosentasche und warf ihn auf ihren schweißbedeckten Bauch. Sie zuckte zusammen.

»Vergiss nicht, die Terrassentür hinter uns zu schließen. Nicht, dass noch Einbrecher kommen ...«

Das dröhnende Lachen klang ihr noch in den Ohren, als die Männer schon längst verschwunden waren.

***

Als Jennifer am nächsten Morgen erwachte, fühlte sie sich wunderbar entspannt, auch wenn sie nicht viel geschlafen hatte.

Im Frühstücksradio wurden die neusten Nachrichten zum Fall der vermummten Einbrecher gebracht. Sie waren in der vergangenen Nacht noch geschnappt worden, frühmorgens am anderen Ende der Stadt, als sie in eine leer stehende Villa einsteigen wollten.

Jennifer lächelte melancholisch. Schade, sie hätte die beiden lieber persönlich kennengelernt, als nur von ihnen zu träumen. Sie streckte sich ausgiebig und stand dann auf.

Auf ihrem Boden vor dem Bett lag ein schwarzer Handschuh ...

HöschenSpiel

Meine Freundin Wendy und ich spielen gern. Um genauer zu sein, wir verspüren einen regelrechten Drang nach Sexspielen, nicht miteinander, sondern mit anderen. Ohne Wendy wäre ich vermutlich nie auf so eine Idee gekommen ...

***

Ich stand in einer Umkleidekabine, um Dessous anzuprobieren, als der Vorhang mit einem Ruck zur Seite gezogen wurde. Eine fremde Frau starrte mich an und ich starrte zurück. Das war Wendy.

»Tschuldigung«, murmelte sie und wollte den Vorhang schon wieder zuziehen, als ich ihn festhielt.

»Ach, könntest du mir einen Gefallen tun und mir diesen BH in einer kleineren Größe bringen?«

Sie starrte mich an. Ich weiß auch nicht, woher ich plötzlich den Mut nahm, sie das einfach zu bitten. Doch sie nickte schließlich und holte für mich den BH.

Als ich in der passenden Größe vor dem Spiegel stand, sagte sie: »Sieht cool aus. Steht dir.«

Im Gegenzug dazu schleppte ich für Wendy die passenden Größen an, bewunderte sowie ihren Geschmack als auch ihre gute Figur. Da wir beide viel Spaß bei unserem Unterwäschekauf hatten, blieben wir danach noch lange in einer Bar um die Ecke hängen. Das war der vielversprechende Anfang unserer Freundschaft.

***

Wendy war reichlich schräg. Ziemlich anders als ich. Nicht nur im Allgemeinen, sondern vor allem in den Liebesangelegen- heiten. Während ich von dem einen Richtigen möglichst für immer träumte, stellte sich Wendy viele verschiedene Männer für nur kurze Zeit vor. Ich beneidete sie um ihre erotische Sorglosigkeit, ihre sexuelle Abenteuerlust. Sie wirkte so er- fahren, so selbstsicher. Wendy schien alles im Griff zu haben. Das Leben an sich und die Männer auch. Ich wäre gern wie sie gewesen, meistens zumindest, und ich war richtig happy, jemanden wie sie als Freundin gewonnen zu haben. Wendy tat mir gut.

***

Natürlich waren die Sexspielchen auch ihre Idee gewesen. Angeblich war sie mal aus Versehen, an einem sehr heißen Tag ohne Höschen aus dem Haus gegangen. Sie war einige Stunden zum Shoppen unterwegs gewesen und während der ganzen Zeit unten ohne herumgelaufen. Richtig Gefallen an der Sache hatte sie gefunden, als sie bemerkte, dass jemand anderes diese nackte unten-ohne-Tatsache sah. Das machte Wendy restlos geil. Sie hatte in einem Café gesessen, als sich die Augen eines männlichen Gastes unter ihr Kleid verirrt hatten und dort beseelt hängen geblieben waren.

»Seine Blicke kribbelten so stark in meinem Schoß. Es war ein wunderbares Gefühl! Ich spreizte meine Schenkel noch ein bisschen mehr, damit dieser Mann besser gucken konnte, und ich muss zugeben, ich wurde feucht ...«

Ich lauschte Wendys sehr blumigen, detaillierten Ausschwei- fungen darüber, was ihr beim ersten Mal ohne Höschen passiert war. Auch wenn es mir im Grunde peinlich war, so etwas erzählt zu bekommen, so machte es mich auch neugierig. Ich musste ihr in einem absolut recht geben: Solange der Richtige noch nicht aufgetaucht war, konnte ich mir das Leben auch ruhig mit den Falschen ein wenig aufregender gestalten. Und die Idee, die Wendy dann hatte, gefiel mir ausgesprochen gut.

***

Heute war sie an der Reihe, die Location für unsere Sexspielchen zu bestimmen. Ich war gespannt. Wie immer bei unseren Spieltreffen fühlte ich schon Stunden vorher eine gewisse Erregung in Anbetracht des sexuellen Vergnügens, das uns auch heute hoffentlich wieder erwartete. Der Tag dafür hätte nicht geeigneter sein können. Schwül, fast heiß. Die Sonne brannte vom blauen Himmel. Ein Wetter, das den Kopf lahm legte und den Körper wach machte.

Wendy sah wie immer sehr attraktiv aus. Das geblümte kurze Kleid mit dem tiefen Ausschnitt stand ihr gut. Es war ein bisschen kurz für meinen Geschmack, aber Wendys Beine konnten es sich leisten. Es war ein bisschen tief ausgeschnitten meiner Ansicht nach, aber Wendys Brüste hatten es nicht verdient, versteckt zu werden.

Ihre Figur war insgesamt ziemlich vollkommen. Das hatte ich schon oft gedacht, manchmal ein bisschen neidisch, manchmal einfach nur anerkennend.

»Wow, du siehst klasse aus!«, sagte meine Freundin heute zu mir.

Wir meinten unsere Komplimente ehrlich miteinander und mein Spiegelbild hatte es mir auch schon bestätigt. Der neue Jeansrock saß perfekt und das Oberteil passte prima dazu. Ich hatte uns zur Einstimmung einen Cocktail gemixt, mit etwas Rum darin. Es war zu früh am Tag, um beschwipst zu sein, aber es gehörte dazu, sich ein bisschen Alkohol zu genehmigen, bevor wir loszogen, um unsere Spielchen zu spielen. Die Sonne stand hoch am Himmel und ich wartete gespannt, wo wir hingehen würden.

Beim zweiten Cocktail spreizte Wendy ihre Beine. Natürlich trug sie schon jetzt keinen Slip unter dem Kleid. Ich behielt das Höschen immer noch so lange an, bis wir da angekommen waren, wo unser Spielchen stattfinden sollten. Vorher schon nackt rumzulaufen, traute ich mich nicht.

Wendy hatte sich total rasiert und sie spreizte die Beine so, dass ich absolut alles sehen konnte. Die Fronten zwischen uns sind seit langem geklärt. Ich stehe nicht auf weibliche Körper und auch Wendy, die über ein breites sexuelles Spektrum verfügt, hatte es noch nie mit einer Frau getrieben – weil O-Ton: »Eine Frau ist mir einfach nicht männlich genug!«

Zwischen ihr und mir gab es also keine Lust aufeinander, aber ich muss sagen, der Anblick dieser total rasierten Körperstelle ging nicht so ganz spurlos an mir vorüber. Und auch wenn ich sie da sicherlich nicht anfassen wollte, so war der Anblick doch zumindest den Anflug einer Erregung wert. Sie lächelte über meinen vielsagenden Blick und klappte ihre Beine wieder zu.

»So, genug geguckt, meine liebste Freundin.«

Ich lächelte zurück und die Erregung verflog.

Wendy sog intensiv an dem Strohhalm ihres Cocktails und sagte. »Also heute spielen wir wieder unser ›Ohne Höschen-Spiel‹, richtig?«

Ich nickte zustimmend. »Gern und wo fangen wir an?«

Wendy erklärte mir die Reihenfolge unserer Spielplätze. »Außerdem«, fügte sie geheimnisvoll hinzu, »werden wir ins ›Tresor Beach‹ gehen. Das ist absolut neu und absolut angesagt. Du wirst sehen. Da gucken uns nur die coolsten Typen zwischen die Beine.«

Ich ließ mich von ihrer Vorfreude anstecken und mixte uns gleich noch einen weiteren Cocktail.

»Allerdings solltest du dich für so eine angesagte Location auch untenrum fein rausputzen.« Wendy lachte vor heller Begeisterung über ihren Vorschlag. Obwohl mir solche freizügigen Worte immer noch peinlich waren, lachte ich mit.

***

Während Wendy zufrieden an dem Cocktail nippte, rasierte ich mich also untenrum. Ich rasierte aber nicht alles blank, denn das steht mir nicht, finde ich. Ich ließ noch einen schmalen Streifen stehen.

»Lass mal sehen.« Wendy war wie immer völlig ungeniert. Ich zögerte, aber dann zog ich den Rock hoch und spreizte ein bisschen meine Beine. Ihre Augen verengten sich zu Schlitzen.

»Na, meine Liebe, da hättest du ruhig noch mehr rasieren können. Man sieht IHN ja gar nicht.«

Ich klappte meine Beine schnell wieder zu. »Mir reicht das so. Wir werden ja sehen, was besser ankommt ...«, murmelte ich mit hochrotem Kopf.

***

Wir fuhren in Wendys coolem Cabrio in die Stadt und waren bester Laune. Der Wind blies in den offenen Wagen, wirbelte unsere Röcke hoch und bescherte uns stimulierende Vorfreude.

Wir besuchten nicht sofort den neuen, hippen Biergarten, sondern wählten einen älteren.

»Zum Aufwärmen können wir erst mal hierhin gehen ...«

Solche Gedanken konnte einfach nur jemand wie Wendy haben. Darauf wäre ich nie gekommen.

Die Stimmung im Biergarten war genauso belebt wie unsere Laune. Nervöse Aufregung stieg in mir hoch und ich fand das Leben gerade wunderbar abwechslungsreich. Um einen klaren Kopf zu bewahren, hielten wir uns nach dem Rum erst mal an Mineralwasser mit viel frischer Minze und herber Limone.

Es dauerte nicht lange, bis Wendy für unser Spielchen einen passenden Mitspieler entdeckt hatte: Netter Typ, nichts Aufregendes, aber seine Blicke gingen nicht nur unter unseren

123

Rock, sondern auch unter unsere Haut. Wendy war, wie sonst auch, forscher als ich. Frecher.

Aus dem Augenwinkel sah ich, wie Wendy ihre Beine für seine Blicke öffnete. Ich konnte das gierig kapierende Aufblitzen in seinen Augen genau verfolgen. Als er regelrecht Feuer gefangen hatte, klappte Wendy ihre Schenkel wieder zu und tat, als wenn sie ihre Beine nie geöffnet hätte. Das war ihre Art, warmzuwerden und es amüsierte mich immer sehr. Sie unterhielt sich eine Weile angeregt mit mir über alles mögliche Schwachsinnige und dann öffnete sie ihre Schenkel wieder. Der Voyeur sollte noch nicht abspringen, sondern bei Laune gehalten werden. Und wieder sah ich dieses Aufflackern in seinem Blick, das jetzt richtig grell geworden war.

So lief es eine Weile. Schenkel auf. Schenkel zu. Schenkel auf. Schenkel zu. Meine verkrampfte Beinhaltung hatte sich mittlerweile ein bisschen entspannt, aber es war schon zu spät für erotische Animationen meinerseits.

Das gierige Aufflackern in den Augen des Mannes erlosch allmählich, da ihn wahrscheinlich eine Ahnung beschlich, er wäre nur für etwas weiblichen Exhibitionismus gut und mehr nicht.

Mit beschwingten Schritten und stechenden Augen in unseren Rücken stiegen wir wieder in Wendys Auto.

»Hast du seine gierigen Blicke gesehen?«, fragte sie.

Wir kicherten vor Vergnügen und fühlten uns super. Der warme Sommerwind blies wieder ins offene Cabriolet.

Der neue, hippe Biergarten war wirklich cool! Alles passte. Das Ambiente, die Leute, die Location. Wir sicherten uns zwei super bequeme Liegestühle – angenehmer konnten wir nicht auf Männerfang gehen.

Wieder blieben wir nur bei Mineralwasser, das uns aber in wunderschönen bauchigen Gläsern mit leckeren Erdbeerstückchen und grünen Strohhalmen serviert wurde. Unsere Augen hinter großen Sonnenbrillengläsern versteckt, sahen wir uns um, wer uns in den Schoß fallen könnte.

Als Wendy ihren Liegestuhl ein wenig nach links verrückte, wusste ich, sie hatte ein Opfer entdeckt. Ich folgte ihrer Kopfhaltung diskret und sah ihn.

Er sah gut aus, ein bisschen jung vielleicht, aber das machte Wendy natürlich nichts aus. Sie klappte ihre Schenkel auf und zu und sorgte dafür, dass dieser Voyeur auf keinen Fall frühzeitig das Interesse verlieren konnte.

Ich spürte, wie Wendy in Fahrt kam, wie seine Blicke sie heftig erregten, und ehe ich so richtig kapierte, wie weit die beiden sich schon einig waren, stand Wendy auf und raunte mir zu: »Ich muss mal für kleine Mädchen.«

Der gutaussehende Jüngling folgte augenblicklich mit männlich sportlichen Schritten Wendys sinnlich lockendem Körper. Ich wünschte, ich könnte ein bisschen so sein wie sie.

***

Wendy ließ mich fast eine halbe Stunde mit schal gewordenem Mineralwasser sitzen, aber das war eine der Spielregeln. Wenn eine von uns einen »Fisch an Land« gezogen hatte, dann musste die andere eben warten. Und klar war: Meistens musste ich warten! Trotzdem blieb ich guter Laune. Eigentlich war es mir ganz recht, wenn Wendy das Spiel in ihre Hände nahm und ich einfach nur zugucken konnte.

Als Wendy zurückkam, versprühte sie ansteckende Lebensfreude mit leuchtenden Augen und glänzenden Lippen. Sie ließ sich in den Liegestuhl fallen und erzählte mir ziemlich genau, wie sie die letzte halbe Stunde verbracht hatte und als sie auch das letzte pikante Detail nicht unerwähnt ließ, war ich der Meinung, jetzt sei ganz dringend ich an der Reihe. Der gutaussehende Jüngling blieb verschwunden, weil er, laut

Wendys Aussage, fix und fertig war.

Wir suchten uns einen neuen Platz. Das waren die Barhocker an der Strandbar. Endlich war ich richtig in Stimmung für das »Ohne-Höschen-Spiel«.

Wendys Schenkel blieben brav geschlossen. Sie gönnte mir, dass ich jetzt an der Reihe war. Also bot ich mich an.

Es war ein Paar dunkelbrauner Augen, das sich an den Innenseiten meiner Schenkel zentimeterweise hochschob und keine Hautpartikel ausließ. Die schwarzen Pupillen fokussierten sich auf die Mitte zwischen meinen geöffneten Schenkeln und ließen sie kribbeln. Die Augen, das Gesicht und der Rest dazu gefielen mir. Das Kribbeln dehnte sich aus, erst im Unterleib, dann durch die Bauchdecke nach oben zu den Brüsten und hüllte die Spitzen ein.

Wendy lachte leise: »Na bist du fällig?«

Obwohl ich ihre Sprüche kannte, waren sie mir peinlich. Die Röte ließ mein Gesicht heiß werden und meine Kehle trocken.

Im Gegensatz zu meiner Kehle wurde es unten herum erfrischend feucht. Feuchtigkeit, die sich in Nässe umwandeln würde, wenn dieser Blick so direkt und unverschämt auf mir blieb. Ich freute mich, dass *ich* diesen Blick provoziert hatte. Unruhig rutschte ich auf meinem Stuhl ein Stück nach vorn.

»Ich glaube, ihr beide seid euch einig«, murmelte Wendy hinter fast geschlossenen Mund und ließ ihren Blick durch die Gegend streifen, als wenn sie das alles gar nichts anginge.

Mit klopfendem Herzen erhob ich mich und ging langsam, sehr sorgfältig, einen Schritt vor den anderen setzend, zu den Waschräumen. Ich schminkte meine Lippen nach und wartete, bis ich allein war. Dann schossen meine Finger unter den Rock. Schnell fasste ich mich an. Es fühlte sich gut an. Ich zog meine Finger wieder hoch. Die Kuppen glänzten feucht. Ich war bereit.

Die Tür öffnete sich. Seine Augen waren so voller Lust, dass es nichts mehr zu überlegen gab. Ich nickte ihm zu. Wir mussten schnell sein. Er sah sich kurz um, kam zu mir und ich zog ihn in eine der Toilettenkabinen hinein. Er presste meine heiße Haut an die kalten Fliesen. Seine Finger rückten aus, bereit zur Eroberung fremden Gebietes. Er zog einen Schenkel von mir hoch, drehte ihn zur Seite. Seine Gier war ansteckend. Seine Finger tauchten mich in warme Nässe und ich bog mich ungehemmt seinen Fingerstößen entgegen.

Unsere Lippen schlugen aufeinander. Unsere Zungen verkeilten sich ineinander. Seine Küsse raubten mir den Atem. Meine Hand griff nach unten. Ich fummelte mich irgendwie in seine enge Hose rein, umklammerte seinen Schwanz und schob meinen klammernden Griff daran hoch und runter, mehrere Male.

Er stöhnte in meinen Mund: »Weiter, weiter. Nicht aufhören.«

Meine Hand wurde schneller. Ich war so geil darauf, ihn zu befriedigen. So schnell und so gut wie möglich wollte ich es ihm machen.

»Ja, ja, ich komme ...«, stöhnte er.

Sein Harter wuchs noch ein Stück in meiner Umklammerung und dann kam er. Seine Lust strömte zwischen meinen Fingern durch.

Doch er vergaß mich nicht. Er tauchte seinen Kopf unter meinen Rock und seine Zunge schob sich zwischen die bohrenden Finger. Ich wurde triefend feucht. Seine Zunge setzte er so effektiv ein, dass sie mich bis in den Orgasmus leckte. Ich keuchte begeistert, krallte meine Hände in sein kurzes, dichtes Haar und biss mir auf die Lippen, um nicht zu schreien.

Ich wartete ein paar Minuten, nachdem er sich aus dem Waschraum geschlichen hatte, und lächelte entspannt. Was für ein gelungener Auftakt! Meine Klitoris pochte sehr zufrieden und ich ging beseelt zu Wendys Cabriolet, in dem sie grinsend auf mich wartete.

»Steht dir richtig gut, so ein kleiner Höhepunkt zwischendurch«, sagte sie.

Mein Gesicht war schon rot, mehr konnte ich nicht erröten.

»Es wird Zeit, an den See zu fahren«, gurrte Wendy und gab Gas.

***

Der wunderschöne See mitten im Wald war leider kein Geheimtipp mehr. Wir mussten suchen, bis wir eine geeignete Stelle gefunden hatten und zogen noch zweimal um, bis Wendy das Gefühl hatte, der richtige Typ hätte uns im Visier. Der Mann, der uns schon von weitem neugierig betrachtete, saß da mit einem gut gebautem Body in knapper Badehose und erfreute sich sichtlich daran, dass vor ihm zwei hübsche Mädels ihre Decke ausbreiteten.

Ich weiß nicht, wie meine Freundin immer den richtigen Riecher hatte, wenn es um die Auswahl unserer Mitspieler ging. Ich konnte mich kaum daran erinnern, dass sie mal eine Niete ins Visier genommen hatte.

»Das ist unser Mann«, flüsterte sie mir zu und setzte sich so, dass er ihr sofort zwischen die Beine gucken konnte. Wendy war in Stimmung und wollte keine Zeit verlieren.

Überrascht kniff er die Augen zusammen, dann erhellte ein erkennendes Lächeln sein Gesicht und er schien das Gefühl zu haben, er hätte mit uns einen absoluten Volltreffer gelandet.

Sein Blick zog mich unwiderstehlich an. Schnell setzte ich mich neben meine Freundin, konnte gar nicht so schnell fühlen, wie ich wieder feucht wurde.

Wir ließen ihn eine angemessene Zeit lang gucken, genossen seine gierigen Augen.

»Was meinst du, ob er besser fummelt als leckt, oder besser leckt als fummelt?«, fragte Wendy mich leise.

Ich kicherte aufgeregt.

»Ihm läuft schon der Geifer aus dem Mund.« Wendy blickte ihn abschätzend an.

Ich unterdrückte mein Kichern und sagte leise: »Der ist mindestens so feucht im Mund, wie ich untenrum.«

Es wurde höchste Zeit, richtig loszulegen.

Wir standen gleichzeitig auf, packten unsere Decke zusammen, warfen ihm verlockende, vielsagende Blicke zu und gingen unwiderstehlich aufreizend Richtung Auto. Noch bevor wir unsere Sachen verstaut hatten, hörten wir ihn.

»He ihr, wartet doch mal. Könntet ihr mich ein Stück mitnehmen?«

Wie gesagt, Wendy hatte einfach immer den richtigen Riecher für die passenden Mitspieler unseres »Ohne-Höschen-Spiels«.

Wir fuhren mit Ben, so stellte er sich uns vor, an einen ruhigeren Ort, wo wir ungestört sein würden.

Wendy ließ ihn aussteigen und setzte sich wieder ins Auto, legte sich zurück, mit dem Kopf auf meinen Schoß, und stellte ihre Beine weit auseinander aufs Trittbrett.

Ich war zum ersten Mal dabei, wie ein Mann meine Freundin leckte. Seine Geilheit brach abrupt aus ihm heraus. Er kapierte sofort, dass er gerade das Ticket für spontanen Sex in der Hand hielt. Sofort griff er zu und ließ keinen Moment mit Zögern verstreichen.

Er schob Wendys Rock hoch und verfiel ihrer lüsternen Frucht umgehend und hoffnungslos. Seine Finger befummelten ihre funkelnden Schamlippen, bis sie sich über seine Finger einfach rüberzustülpen schienen. Ich konnte es genau sehen. Obwohl es mir peinlich war, dabeizusein, war ich auch fasziniert von diesem triebhaften Tun, konnte nicht weggucken. Wendy hatte die Augen geschlossen und vermied so meinen Blick, was mir sehr recht war.

Ben krallte sich ihren Kitzler. Pure Lust braute sich da zusammen. Meine Freundin räkelte sich wollüstig mit offenen Schenkeln und bäumte sich auf, als ihre ganze Möse in seinem Mund verschwand. Dann streckte Wendy ihre Hände nach oben, schlang sie um meinen Hals und zog meinen Kopf herab, bis mein Mund auf ihrem lag und wir uns küssten. Das gehörte zu unseren Spielchen oft dazu und bedeutete nicht mehr, als die totale Lust des Augenblicks. Ihre Zunge schmeckte fruchtig süß, wie immer in ihren Momenten großer Ekstase. Ich konnte schmecken, dass er sich in sie schob, wie er seinen harten Schwanz zwischen ihre Schenkel drückte, weiter zwischen ihre Schamlippen und dann zustieß, bis sie kam. All das schmeckte ich in ihren Küssen.

Es dauerte nicht lange, bis Wendy befriedigt flüsterte: »Das war geil! Und jetzt du!«

Ich lag auf dem Rücken. Die fremden Finger fühlte ich augenblicklich zwischen meinen Beinen, die heißen Hände unter dem Rock und die harten Lippen, die sich hochküssten an der Schenkelhaut, bis es nicht mehr höher ging und sich dann in meine aufsteigende Nässe pressten. Meine Augen hielten das Blau des Himmels fest und ich fühlte mich grenzenlos geil. Meine Hände streckten sich nach Wendys Hals aus und zogen sie zu mir, damit ihr Mund sich auf meinen Mund drücken konnte. Meine lüsternen Schreie endeten in ihrem Mund. Mein Stöhnen floss auf ihre Zunge, während sich seine Lippen an meinem Schoß vergingen und ich von einer Ekstase zur nächsten rauschte.

Als Ben sich in mich schob, griff ich nach Wendys Brüsten. Zum ersten Mal machte ich so etwas. Noch nie hatte ich Brüste berührt. Aber ich musste es in diesem Moment einfach tun. Ich zog ihre kleinen festen Titten aus ihrem Oberteil heraus und schob mir sogar ihre spitzen Brustwarzen in den Mund. Ich lutschte und sog daran, bäumte mich sehnsüchtig ihren Händen entgegen.

Wendy hatte schon oft weibliche Brüste berührt, aber meine noch nie. Sie ließ sich von meiner ansteckenden Geilheit mitreißen, öffnete meine Bluse und griff hinein. Dadurch kam ich sofort. Mein Höhepunkt war ein ekstatisches Zusammenspiel endloser Reize, die meinen gesamten Körper aufgerüttelt hatten.

***

Auf dem Weg nach Hause fuhr uns wieder der Wind zwischen die Beine. Wir beide waren satt und sehr zufrieden.

»Also, Ben ist eindeutig ein besserer Lecker als Fummler«, sagte Wendy mit einem Mal.

»Ich finde, er fummelt mindestens genauso gut wie er leckt«, hielt ich dagegen.

Wir mussten beide lachen. Aber eins war uns war klar: Egal, wen wir uns an Land zogen, egal, wie und wo er uns befriedigte, unser »Ohne-Höschen-Spiel« blieb ungeschlagen.

NachtSchicht

Niemand ist gern im Krankenhaus. Wenn man aber im Krankenhaus liegt, nicht einer Laune des Schicksals wegen, sondern
wegen seiner eigenen Blödheit, dann ist es schon besonders
unnötig. Leider war es mir passiert ...

Die Wettervorhersage für das kommende Wochenende war
gut. Es sollten die ersten frühlingshaften Tage nach einem
langen Winter werden und es juckte mich in den Fingern,
mein altes Motorrad anzuwerfen und loszuheizen. Eigentlich
hätte es zum Rundumüberholen in eine Werkstatt gemusst,
aber ich hatte schon öfter selbst daran gebastelt. Außerdem
wollte ich hauptsächlich nur diverse Lötungen und Lackie-
rungen vornehmen, und das machte ich nun wirklich nicht
zum ersten Mal.

Ich war mittendrin, äußerst guter Laune, vielleicht ein Tick
zu nachlässig und passte nicht auf, als ich mit dem Bunsen-
brenner hantierte. Denn plötzlich fiel mir das Teil aus der
Hand und leider griff ich reflexartig mit beiden Händen nach
dem glühend heißen Ding.

Die darauf folgenden Schreie klangen wenig männlich, aber
die Schmerzen waren auch wirklich schlimm!

Meine Freundin packte mich jammerndes Wesen ins Auto
und fuhr mich umgehend ins Krankenhaus.

***

Die erste Nacht war besonders heftig. Ich hatte das Gefühl, die

Schmerzmittel halfen mir nicht. Zu allem Übel zog ich mir noch eine Infektion zu, was das Ganze noch viel schlimmer machte. Ich war wehleidig, übel gelaunt und quengelig.

So würde ich noch einige Tage im Krankenhaus bleiben müssen und benahm mich weder dem Personal noch den Ärzten, nicht mal meiner Freundin gegenüber, besonders nett. Die Aussicht, mein Motorrad ausfahren zu dürfen, war auf unabsehbare Zeit unerreichbar geworden, was mir die Stimmung noch mehr verschlechterte.

***

Auch in der zweiten Nacht schlief ich wenig. Ich war froh, allein im dem Zimmer zu liegen, sodass mich kein anderer Patient nervte. Da lag ich also schlaflos im sterilen Krankenbett und wusste nicht, wohin mit meinem Frust. Ich hatte Durst und klingelte nach der Nachtschwester. Das Halten des Trinkbechers bereitete mir große Probleme.

Die Schwester der letzten Nacht war eine herbe Enttäuschung gewesen. Sie war nämlich weder hübsch, schon gar nicht heiß, und absolut ohne Mitleid mit mir. Ihre weiblichen Rundungen waren zu üppig, um als verführerisch durchzugehen. Ich hatte weitaus andere Vorstellungen von schwesterlichen Frauen in sterilen Krankenhäusern gehabt. Sie sollten wenigstens etwas sexy sein, mit schicken Häubchen und engen Kitteln, an denen die Knöpfe jederzeit abspringen konnten, weil die weiblichen Brüste dahinter zu prall waren, um von ihnen noch im Zaum gehalten zu werden. Die Höschen unter den Kitteln sollten knapp, wenn überhaupt vorhanden, und alle Schwestern notorisch geil auf ihre männlichen Patienten, wie ich einer war, sein.

So verhält es sich nun mal mit den männlichen erotischen Fantasien, wenn es sich um Frauen in weißer Schwesterntracht dreht.

Ich war mittlerweile so sehr vom Durst geplagt, dass ich gleich mehrere Male hintereinander den Klingelknopf drückte. Sollte die üppige Schwester ruhig ihren dicken Hintern bewegen, ihre stämmigen Beine mal ein bisschen auf Trab bringen. Angriffslustig wartete ich darauf, dass sie mit mürrischem Gesichtsausdruck die Tür aufstoßen würde ...

Doch das, was dann in dieser Nacht auf mich zu schwebte, war die ultimative Erscheinung aller erotischen Schwesternfantasien.

Die Fantasie sah mich warmherzig mit dem wohl schönsten Lächeln dieser Welt an.

Wie ein Licht in dunkler Nacht kommt sie, um mich zu erleuchten, wie eine sprudelnde Oase in der flirrenden Wüste, dachte ich völlig verklärt – das musste an den Schmerztabletten liegen!

Ich jammerte, wie durstig ich war und dass ich so gar nicht schlafen konnte.

Schwester Julie hatte Mitleid und brachte mir kaltes, klares Wasser. Als ihre sanften Hände den Trinkbecher für mich hielten, konnte ich riechen, wie gut sie roch und sehen, wie gut sie aussah und fühlen, wie gut sie sich anfühlen musste ... Damit war es um mich geschehen.

Ihr Gesicht war unglaublich süß. Die hellen lockigen Haare hatte sie zu einem Pferdeschwanz hochgesteckt, die schräg geschnittenen Augen funkelten grün und alles an ihr wirkte zierlich. Der enge Kittel ließ erahnen, wie schön sie darunter war.

Während sie den Trinkbecher weiterhin geduldig für mich hielt, bekam ich einen Steifen. Da konnte ich einfach nichts gegen tun. Ich weiß nicht, wie sie das mitbekam, aber ihr Lächeln bestätigte meine Vermutung. Sie wusste, dass sie mich hoffnungsvoll erregte. Peinlich berührt schloss ich die Augen und hoffte ...

Schwester Julie stellte den Trinkbecher ab, lächelte beruhi-

134

gend und hob meine Bettdecke an. Ihr Mund öffnete sich in Erstaunen, ihre Augen weiteten sich in Begeisterung und ihre Wangen bekamen eine rötliche Farbe. Sie stand da und schien zu überlegen, was sie mit einer solch gelungenen Erektion machen sollte.

»Kein Wunder, dass Sie nicht einschlafen können. Bei so einem Notstand!« Sie strich ganz vorsichtig über die dicken Verbände meiner Hände. »Sie können sich ja nicht einmal selber helfen.«

Mein Steifer wurde dicker und härter. Ich wünschte, sie würde wissen, was sie mit ihm machen konnte.

Schwester Julie schlug die Bettdecke ganz zurück. Mein Schwanz ragte trotz Hose steil in die Luft. Ihr Lächeln wurde sehr sinnlich, während sie auf meinen Unterleib herabsah.

Ihre sanften Fingerkuppen tasteten sich auf meinen Schenkeln nach oben, bis sie an meinen Hoden angekommen war. Dort griffen sie in meinen Hosenbund, um die Pyjamahose über meinen Ständer und dann bis nach unten auf meine Knöchel zu ziehen. Ich seufzte viel zu aufgeregt. Mein Herz schlug mir fast aus dem Halse heraus und ich fing vor Gier an zu zittern.

Schwester Julies Lächeln strahlte lüstern auf meinen entblößten Unterleib. »Also, ich sehe hier so einiges an Schwänzen. Aber deiner ist ein besonders Schöner.«

Welcher Mann wäre nicht bei einer solchen Bewertung seines edelsten Teiles dahingeschmolzen.

Schwester Julie beließ es nicht bei diesen betörenden Worten, sondern beugte sich über meine Pracht und nahm sie in den Mund. Einfach ganz selbstverständlich lutschte sie daran. Sie leckte meine Eichel und meine Hoden so intensiv, dass ich augenblicklich meine angestaute Lust aufsteigen fühlte. Meine Geilheit kam ins Rollen, und ich kannte mich: einmal da, konnte ich sie nicht mehr stoppen, einmal aufgeladen, wurde ich zu einem schnellfeuernden und schnellnachladenden Ejakulationsgeschoss. Es passierte. Ich konnte mich nicht zurückhalten und spritzte ihr mit Wucht in den Mund.

Schwester Julie wischte sich die tropfenden Lippen mit einer Krankenhausserviette ab, tätschelte mir lächelnd die Wange und griff dann neben mir nach dem Klingelknopf, um ihn energisch zu drücken.

Erschrocken presste ich meine Schenkel zusammen. Was sollte das? Ich lag nackt auf meinem Bett, gerade gekommen, fast hilflos und sie klingelte nach wer weiß wem! Ich konnte weder meine Hose hochziehen noch die Bettdecke über meinen kerzengerade in die Luft ragenden Schwanz decken – glänzend und von Sperma bedeckt. Ich konnte absolut nichts dagegen tun.

Es vergingen schweigende Minuten, in denen ich schwitzte und mein Schwanz in sich zusammensank.

Dann hörte ich es: Feste Schritte auf dem Flur näherten sich. Für eine Schrecksekunde dachte ich, die Schwester von gestern Nacht käme. Das wäre mein Ende ...

Aber als sich die Tür öffnete, schwebte ein zweites engelhaftes Wesen in weißer Schwesternkluft herein. Meine Gelüste fingen wieder an, Fahrt aufzunehmen und ich bekam eine Ahnung, was mir noch alles Gutes in dieser Nacht passieren könnte.

Schwester Lizzy war ebenfalls sehr hübsch, mit weiblichen Rundungen an den richtigen Stellen und wunderschönen braunen Augen. Sie begriff die Situation sofort, lächelte begeistert und sagte: »Sieh an, sieh an. Was haben wir denn hier?« Sie lächelte ihrer Kollegin zu. »Gut, dass du nach mir geklingelt hast. Ich sehe, du kannst Hilfe gebrauchen.«

Ich hörte die beiden Frauen flüstern und kichern und schwitzte erbärmlich, mittlerweile am ganzen Körper. Jetzt hätte ich neues Wasser gebraucht ...

Schwester Lizzys Hand strich sanft über meinen Schwanz, der nun wieder wie ein Pfahl in die Höhe ragte. Ihre etwas kräftigeren Finger rieben rauf und runter. Schließlich beugte sie sich nach unten, um mein Geschlechtsteil zu schmecken. Meine heftigen Seufzer animierten sie noch dazu, ihre Zunge um meinen Schaft zu schlängeln, während ihre Lippen meinen Schwanz ganz fest umklammerten.

So musste es in einem Schraubstock sein: eng und eingefasst, ohne Entkommen und Gnade.

Wellen heißer Lust schossen durch meine Lenden, wirbelten in die Hoden rein und überschlugen sich auf dem Weg in meine sensible Mitte. Schwester Lizzys Lippen waren absolut unnachgiebig und ihre Zunge stülpte sich über alles, was erogene Nervenbahnen hatte. Meine Hoden zitterten lustvoll, aber auch unsicher zwischen ihren Zähnen, die sie plötzlich einsetzte. Sie fühlten sich beinahe wie scharfe Rasiermesser an, die dazu da waren, nachgewachsene Härchen zu stutzen. Aber trotz ihrer gefährlichen Oberfläche schabten die weißen Zähne unendlich sanft an meinem Glied auf und ab, wollten ihm nur Gutes tun.

Mühsam drückte ich mich aus meinen Kissen hoch, wollte sehen, wie sie mich leckte. Es hat mich immer schon ausgiebig erregt, nicht nur von einer Frau am Schwanz durch Lippen und Zunge befriedigt zu werden, sondern ihr auch dabei zuzusehen, wie sie die Ejakulation aus mir heraussog.

Schwester Lizzys Technik war irgendwie anders, als die der meisten Frauen und vielleicht deshalb so lustvoll. So wie sie hatte mich noch keine mit der Zunge und dem Mund behandelt. Sie lutschte kurz und hart, vor allem unberechenbar. Damit machte sie mich total geil. Mein Schwanz fing an zu brennen und schon war ich wieder soweit. Die Lust drängte sich aus meinen Hoden durch den Schaft, bis nach ganz oben zum Peniskopf. Ungehemmt schoss es aus mir heraus, während ich mich vor Verlangen nach Erlösung aufbäumte.

Schwester Lizzy richtete sich mit funkelnden Pupillen und glänzendem Mund auf und flüsterte: »Schwester Julie, wenn du bitte wieder übernehmen könntest!«

Diese Luder! Sicher trieben sie dieses Spiel nicht zum ersten Mal mit einem Patienten, einem hilflosen Mann im Krankenbett, der sich nicht wehren konnte. Sie waren ein eingespieltes Team, das zur nächtlichen Patientenstimulation ausrückte und da befriedigte, wo Not am Mann war.

Schwester Julie griff in ihre Kitteltasche und holte ein Paar sterile Handschuhe heraus. Die streifte sie über ihre schlanken Finger, bis sie wie angegossen saßen. Dann lächelte sie mich mit schillernd grün-blauen Augen und geradezu diabolisch funkelnden Pupillen an und flüsterte: »Entspannen Sie sich ...«

Sie glitt mit einer Hand unter mein Becken, hob mich ein bisschen an und drehte mich zur Seite. Mit der anderen Hand griff sie nach meinem Schwanz, der noch immer kein bisschen nachgab. Ob sie auserwählten Patienten heimlich Viagra unter die Tabletten mischten? So lange stand er sonst nie!

Während sie die Kuppe von meinem Schwanz abwechslungsreich massierte, fing sie gleichzeitig an, mit dem Zeigefinger der anderen Hand an meinem Anus herumzuspielen. Und zum ersten Mal in meinem Leben führte jemand einen Finger an dieser Stelle bei mir ein. Ich schnappte nach Luft. Auch wenn ich vorerst noch recht verkrampft war, so entspannte ich mich verhältnismäßig schnell, weil es mich wirklich unglaublich geil machte. Das Zusammenspiel des in meinen Anus tiefer rutschenden Fingers und der Massage an meinem Schwanz, war einfach extrem geil und ließ meine Lust durch meinen Körper schießen.

Schwester Lizzy blickte begeistert auf meinen vibrierenden Schwanz, während ich stöhnend wieder zum Erguss kam. Mein

Unterleib war mittlerweile außer Kontrolle geraten. Ich konnte nichts anderes tun, als mich gehen zu lassen.

Ich wurde zum nächtlich erotischen Zeitvertreib für die beiden Schwestern. Am Anfang ging es ihnen vielleicht noch um mich und darum, meinen Notstand zu beseitigen. Vielleicht empfanden sie tatsächlich so etwas wie Patientenhilfe. Aber schon bald wollten sie sich selbst etwas Gutes tun, sich lustvoll durch die öden Arbeitsstunden bringen, die Nächte sinnvoller gestalten, als im kleinen Schwesternzimmer auf die kriechenden Zeiger der Wanduhr zu starren.

Ich war mir sicher, es gab jede Menge Abwechslung für die beiden unter den Bettdecken der männlichen Patienten zu entdecken. So wie gerade bei mir ...

Schwester Julie ließ meinem Geschlecht keine Zeit, sich zu erholen. Sie griff mit beiden Händen nach meinem Schwanz und massierte ihn wieder hart. Ihre schöne Gespielin stellte sich hinter sie und schob die Hände über Schwester Julies Hüften nach vorn. Ihre Finger zeichneten dabei die Körperformen nach. Rasch öffnete sie die wenigen Knöpfe der weißen Tracht, sodass sie vorn weit auseinanderfiel.

Schwester Julie trug darunter einen Hauch von Unterwäsche. Fasziniert sah ich zu, wie Lizzys linke Hand vorn in Julies Höschen rutschte und die rechte Hand nach hinten. Julie spreizte anmutig ihre hellen Schenkel und ließ sich stimulieren. Sie war sofort erregt. Ihr Höschen verrutschte und ich war hautnah dran. Die Finger von Lizzy flogen nur so hin und her, schoben sich quer über die rasierte Fläche und glitten in die willige Möse. Julies Atem wurde hörbar und ihre Wangen röteten sich. Die Brüste pressten sich zusammen und formten den BH prall und vollkommen. Julie kam schnell und heftig.

Während Julie noch vom gerade erklommenen Höhepunkt zitterte, schob Lizzy sie zur Seite und kletterte grazil auf mein Bett.

Ich stellte fest, dass sie bereits ohne Höschen in mein Zimmer gekommen sein musste, aber was sollte mich jetzt noch überraschen! Selbstverständlich ließ ich es zu, dass sie mein Glied, das gerade erst zwischen Julies Händen explodiert war, mit ein paar raschen Bewegungen ihrer Handtechnik wieder auf Trab brachte.

Schwester Lizzy riss ihren Kittel auf, sobald sie sich auf meinen Schoß hockte. Ihre Brüste waren groß und schwer und ich verfluchte meine eingepackten schmerzenden Hände, weil ich so unbedingt in diese volle Pracht greifen wollte. Wie gern hätte ich die beiden Brüste mit den steil nach oben ragenden dunklen Brustwarzen in mein Gesicht gepresst, sie gerochen, geschmeckt, gefühlt ...

Sie wippten bei der kleinsten Bewegung ausufernd auf und ab, kreisten vor und zurück, bis mir vom bloßen Zusehen fast schwindelig wurde.

Julie hatte sich von ihrem orgiastischen Ausflug erholt und versuchte, die beiden übermütigen Bälle mit zärtlichen Streicheleinheiten zu bändigen. Lizzy rührte sich und begann, meinen brennenden Schwanz zu reiten. Ihre Bewegungen waren kurz und hektisch. Sie presste sich tief auf meinen Schoß, drückte sich hart auf meine Lenden, bis ihr Geschlecht mit meinem vollständig verschmolzen war. Ihre Möse war viel enger als erwartet. Es war extrem erregend, in dieser Enge zu stecken.

Als die süße Julie mit ihren langen, schlanken Fingern, die dunklen, harten Spitzen auf den wippenden Brüsten ergriff und daran zog, verzerrte sich Lizzys Gesicht zu einem lustvollen Ausdruck. Ihre dunklen Augen durchdrangen meine Augen, ihr Mund stieß keuchende Laute aus, die durch die Stille des Krankenhauses flogen, während ihre enge Möse meinen Schwanz erbarmungslos umklammerte. Es gab für mich kein Entkommen, bis sie nicht gekommen war. Mein Schwanz war hoffnungslos verloren, irgendwo zwischen erschöpfter Lust und geiler Kapitulation. Durch Lizzys Unterleib schwappten die ekstatischen Böen immer höher, bis es mit einem gewaltigen Ruck aus der Tiefe ihres Unterleibs hochschoss und mich noch einmal mitriss. Mein Schwanz ejakulierte unaufhaltsam. Endlose Aneinanderreihungen kleiner, kurzer Orgasmen sprudelten aus meinem Unterleib heraus.

***

Erschöpft und völlig ausgepumpt sah ich den straffen Ärschen hinterher, wie sie sich in den engen Kitteln spielerisch hin und her wiegten, während die beiden mein Zimmer verließen. Was hatte Schwester Julie zum Abschied zu mir gesagt?

»Jetzt können Sie ganz bestimmt einschlafen.«

Und Schwester Lizzy hatte nicht vergessen, mir sehr behutsam die Pyjamahose über meinen wundgevögelten und kraftlos geriebenen, total ausgelutschten Penis zu ziehen und darüber noch fürsorglich die leichte Bettdecke zu legen. Dass die beiden die Tür schlossen, hatte ich nicht mehr mitbekommen, ich war schon in meine Träume abgeglitten.

***

Manche Träume sind einfach zu traumhaft, um wahr sein zu können, und manche Fantasien zu fantastisch, um wirklich zu werden. So war es auch mit meinen fantasievollen Träumen. Ich wurde schlagartig wach, als die Tür zu meinem Zimmer laut aufgestoßen, das Licht unbarmherzig angeknipst wurde und die dicke Schwester der letzten Nacht mit schweren Schritten zu mir ans Bett kam.

Sie schien noch schlecht gelaunter zu sein, als ich sie in Erinnerung hatte. Sie schlug die Bettdecke zurück und griff in meinen Schlafanzughosenbund, zog ihn etwas herab. Panik machte sich in meinem Körper breit. Entsetzt sah ich sie an. Angstschweiß perlte auf meine Stirn. Was sollte das? Was wollte sie? Ich versuchte, den Klingelknopf zu erreichen, aber ich kam nicht dran.

Ihre Augen verengten sich zu drohenden Schlitzen und ein bösartiges Grinsen umspielte ihre zusammengekniffenen Lippen. Ich öffnete den Mund zu einem Schrei, aber es kam nichts heraus. Meine Zunge konnte sich nicht bewegen. Ich befürchtete das Schlimmste, ahnte, was diese Frau Widerliches mit mir vorhatte. Sie würde sich heute Nacht mit Gewalt bei einem ihrer wehrlosen Patienten holen, was ihr freiwillig niemand gewährte. Sie würde sich heute Nacht meinen Schwanz holen, sich darauf hocken und erst ihn und dann mich zu Tode reiten – und ich würde nichts dagegen tun können ...

Bevor ich ergeben die Augen schloss, sah ich die Spritze in ihrer Hand und fühlte, wie sie in meine Bauchdecke stieß. Die Krankenschwester murmelte etwas, wofür dieser Einstich gut sein sollte und ich nickte matt. Dann schob sie die Bettdecke wieder über mich und stampfte mit schwerem Schritt aus dem Zimmer.

Ich seufzte klitschnass geschwitzt, aber endlos erleichtert, und sank in einen Schlaf, der traumlos blieb.

VOLLTREFFER

Ich war jemand, den man wohl einen Spätzünder nennt. Im Allgemeinen und überhaupt, auch beim Sex. Meinen zwanzigsten Geburtstag feierte ich, ohne jemals mit einer Frau geschlafen zu haben. Mit zwanzig Jahren war ich also noch eine männliche Jungfrau. Das Schlimmste aber: Ich war der einzige in meinem Bekannten- und Freundeskreis, der sich in diesem Alter noch so betiteln musste. Es war mir unglaublich peinlich. Ich traute mich nicht, meine Jungfräulichkeit zuzugeben. Deshalb tat ich vor den anderen, als hätte ich schon längst mit Frauen geschlafen. Auch vor den Mädchen, die mich interessierten, und vor meinen Kumpels trat ich souverän sexgewandt auf. Gerade meine Kumpels hätten aus dem Wissen wahrscheinlich die unangenehmsten Dinge gedreht und mich nicht mehr in Ruhe gelassen, bis dieser unangenehme Zustand beendet gewesen wäre.

Also erzählte ich ihnen unaufgefordert, wen ich im Urlaub flachgelegt hatte und auch wie. Das war schwer nachprüfbar. Ich entwickelte im Laufe der Zeit eine recht gute, und vor allem glaubwürdige, erotische Erzählkunst. Die einzelnen Bausteine zu meinem fantasievollen Lügengebilde setzte ich aus meinen langjährigen visuellen Erfahrungen zusammen. Ich hatte so viele Pornos gesehen, dass ich als Profi auf der pornographischen Betrachtungsebene zu bezeichnen war. Ich sonnte mich unter den anerkennenden, wohlwollenden Blicken und Bemerkungen meiner Kumpels und geriet, einmal warmgesponnen, regelrecht in Rage beim Erzählen. Am Ende glaubte ich es manchmal fast selbst, dieses Lügengeflecht, das ich bravourös bastelte und strickte. Dass meine Wahrheit irgendwo zwischen stetiger Selbstbefriedigung und pornographischer Filmbetrachtung lag, machte mich in stillen Momenten sehr traurig.

Ich wusste gut, warum ich dem jungfräulichen Zustand noch nicht entkommen war. Es lag an mangelndem Selbstbewusstsein und meiner Schüchternheit. Ich traute mich einfach nicht, ein Mädchen anzusprechen, wusste nicht, wie ich es richtig anfangen und danach mit ihr tun sollte. Wenn ich jemanden kennenlernte, der mir gefiel, mit dem ich mindestens schlafen wollte, stand ich bloß da und wurde unsicher. Das kam nun wirklich nicht gut bei Frauen an.

Meine Freunde waren sehr viel cooler als ich. Die hatten es raus, wie man eine abschleppte. Die wussten, wie man Frauen schöne Augen machte und welche scharfen Worte man ihnen zuflüstern musste – gerade genug, um sie anzulocken und nicht als Perversling dazustehen.

***

Mein zwanzigster Geburtstag wurde ein Alkohol beseelter gemütlicher Abend unter Freunden. Ich warf zur Feier des Tages eine sehr delikate, angebliche Beischlafszene in die Runde. Und das, obwohl ich den ganzen Tag über recht deprimiert darüber sinniert hatte, ob ich wohl in diesem Lebensjahr endlich mal eine Frau vögeln würde. Ich wusste, so konnte es nicht weiter gehen, denn ich wurde müde, diese Geschichten zu erfinden. Außerdem hatte ich Angst, meine Freunde hätten irgendwann keine Lust mehr, meinen angeblichen Weiberheldentaten zu lauschen.

Umso erstaunter war ich, als mir Neal, einer meiner besten Kumpel, an meinem Geburtstag heimlich einen Zettel zusteckte.

»Was ist das?«, fragte ich.

Neal lächelte nett. »Das ist die Nummer von Veronica. Einer guten Bekannten.«

Ich verstand nicht. »Ja und ...?«

Neil klopfte mir fast väterlich auf die Schulter. »Ruf sie an. Sie weiß Bescheid.« Er sah meinen weiterhin unverständlichen Blick. »Frag nichts. Ruf sie einfach an. Glaub mir, du wirst es nicht bereuen.« Und dann ergänzte er: »Bei ihr bekommst du, was dir zum Mannesglück noch fehlt.«

Mit offenem Mund starrte ich ihn an.

»Alles gut, mein Freund. Ach, es ist übrigens schon alles bezahlt. Tu einfach nur, was du möchtest ...«

Mir wurde klar, dass Neil wusste, ich gab immer nur mit all meinen Weibergeschichten an. Er, und vermutlich die anderen auch, kannten die Wahrheit ...

Mein Gesicht verfärbte sich dunkelrot. Aber zumindest hatten sie mich nicht bloß gestellt, hatten mich nicht ausgelacht. Und jetzt bekam ich sogar eine Telefonnummer von einer Frau in die Hand gedrückt, die wahrscheinlich an der Beendigung meines jungfräulichen Zustandes aktiv beteiligt sein würde, die wahrscheinlich auch professionell genug war, um schweigend diesen Zustand zu meinem Vergnügen zu beenden.

Meine Freunde hatten also zu meinem Geburtstag zusammengelegt und mir einen Besuch bei einer Professionellen spendiert. So betracht, war das eigentlich sehr nett von ihnen ...

***

Ihre Stimme verführte mich schon am Telefon. Tage später lächelte mich eine attraktive, reife Frau an. Sofort fühlte ich mich bei ihr wohl. Die Tatsache, dass sie einige Jahre älter war, beruhigte mich eher.

Sie ging vor mir her. Mit sicheren, wiegenden Schritten auf schwindelerregend hohen Absätzen. Ihre weiblichen Kurven

145

zeichneten sich durch den Stoff des engen seidenen Hausmantels ab. Sie servierte mir zur Auflockerung ein Glas Sekt. Ihre langen Finger mit den dunkelrot lackierten Nägeln berührten meine Hand, als sie mir das Glas reichte. Ich spürte die prickelnden Tropfen wohltuend in meiner Kehle und fing an zu genießen. Veronica öffnete die Schlaufe ihres Hausmantels. Das leichte Teil schwebte herab. Da stand sie, in einem schwarzen Straps-Dessous in dunkelroter Spitze. Ihre schweren Brüste blieben hinter dem durchsichtigen Oberteil nicht verborgen. Ich konnte die geschwungenen Spitzen auf ihnen entdecken. Die festen Schenkel schienen in den schwarzen Netzstrümpfen lang und länger zu werden ...

Sie sah einfach toll aus! Ihre Augen funkelten lebenslustig. Ihr Mund lockte sinnlich. Ihre Figur war atemberaubend aufregend für mich. Oft genug hatte ich die erotischen Filme nach der Körbchengröße der Darstellerinnen ausgesucht. Ich hege eine Schwäche für schwere weibliche Formen und zitterte vor Aufregung, dass ich gleich diese großen Brüste mit meinen eigenen Händen berühren durfte.

Sie sollte also meine erste Frau sein: Veronica, eine Prostituierte, zehn bis fünfzehn Jahre älter als ich. Ich konnte es kaum erwarten.

Veronica drehte sich um und ging in das angrenzende Schlafzimmer. In der Mitte stand das Wichtigste: ein breites einladendes Bett. Ich blieb stehen und starrte Veronica an, als wäre sie nicht nur die erste, sondern vielleicht auch die letzte Frau, mit der ich schlafen würde.

Sie zog mich an sich, nahm meine Hände, um sie auf ihre Brüste zu legen.

»Du darfst mich anfassen.« Ihre Stimme war wie Samt.

Ich griff nach den Brüsten in dem transparenten Stoff. Zwei dunkle große Augen hypnotisierten mich. Ich fingerte hektisch an den Knöpfen des Oberteils herum, bis sie sich öffneten und Veronicas Brüste direkt in meine Hände fielen. Weich und trotzdem fest fühlten sie sich an, als ich vorsichtig anfing, sie zu streicheln. Überrascht hörte ich Veronica seufzen, als ich in ihre Brustwarzen biss. Ich machte es genauso, wie ich es oft genug in den Filmen gesehen hatte. Veronica schien das zu gefallen. Sie dehnte sich nach hinten, damit ihre Brüste noch größer wurden und ich mein Gesicht darin vergraben konnte. Es roch so gut in dem hellen weiblichen Fleisch. Ich bedeckte die Rundungen ehrfürchtig mit unablässigen Küssen. Sie drückte meine Hände nach unten, zwischen ihre Beine, damit ich mich auch da mit ihrem Körper vertraut machen konnte. Der knappe Slip war im Schritt geöffnet. Staunend schob ich meine Finger rein und fühlte, wie es warm und weich, sogar feucht war, je tiefer ich grub. Wieder hörte ich Veronica stöhnen. Ich sah ihr ins Gesicht. Sie wirkte völlig entspannt. Anscheinend machte ich es richtig.

Sie ließ mich ein wenig weiter tasten und forschen, dann knöpfte sie mir mit den langen Fingernägeln das Hemd auf, streifte es herab und zog sehr langsam den Reißverschluss meiner Hose auf. Mein Glied drückte hart gegen meinen Slip. Es war ungeduldig. Es wollte raus. Es wollte endlich in eine andere Hand als in meine.

Veronica befreite mich von allem Überflüssigem, bis ich nackt vor ihr stand. Meine Erektion war gewaltig. Ich sah beruhigt, wie mein Schwanz unter ihren weiblichen Augen Gefallen fand. Augen, die vermutlich unzählige Schwänze gesehen hatten. Zumindest diesbezüglich war ich selbstbewusst genug. Mein Schwanz war zwar noch ungeübt und unbenutzt, aber er war groß und hart. Für den Rest würde diese Frau sorgen, da war ich sehr zuversichtlich.

Die dunkel geschminkten Augen öffneten sich weit. Für einen kurzen Moment flackerte es in ihnen.

»Dein Schwanz gefällt mir«, raunte sie. »Er hat die richtige Größe, die richtige Form ... Genauso, wie er sein soll. Genauso, wie es mir gefällt.«

Ich schmolz unter ihren intensiven Blicken, begleitet von diesen lobenden Worten.

»Du hast einen schönen Schwanz. Damit wirst du viel Freude bereiten.«

Diesen Satz werde ich nie vergessen, auch wie sie ihn sagte. Sie griff nach dem von ihr so lobend erwähnten Stück an mir und zog den Rest des Körpers daran näher zu sich. Ihre Hand schloss sich um meinen Schwanz. Ich musste so laut stöhnen, dass sie mir die andere Hand auf den Mund legte. Sie rieb ihre Finger an dem Schaft warm und richtete ihn dadurch auf. Staunend beobachtete ich, wie es in ihrer Hand wuchs und konnte nicht verhindern, dass ich mich in ihre Hand ergoss. Leider viel zu früh. Viel zu unreif. Mein Stöhnen quoll durch die Finger ihrer Hand und brachte sie zum Lächeln.

»Entspann dich, Schätzchen. Nicht, dass du dein ganzes Pulver verschießt, bevor du hier am eigentlichen Ziel ange-kommen bist ...«

Ich schwitzte auch vor Scham und war enttäuscht, dass ich mich so unmännlich anstellte. Zu Hause dauerte es immer viel länger, bis ich kam. Was wahrscheinlich daran lag, dass mein Glied an meine eigene Hand gewöhnt war und dieser Art der Stimulation nichts Aufregendes mehr abgewinnen konnte. Kaum fasste eine weibliche Hand danach, schoss die Lust nur so aus ihm heraus.

Ich versuchte, ohne Erfolg, meinen Atem zu normalisieren, während ihre Hand über meine Hoden glitt. Sie brauchte nur ein paar erfahrene Griffe und ich war wieder hart.

Dann kniete sich Veronica vor mich. Ich schloss die Augen. Sie würde ihn jetzt in den Mund nehmen. Zum ersten Mal nahm eine Frau mein Geschlechtsteil in den Mund. Mein Unterleib zitterte vor Aufregung. Ich sah nach unten. Ihr großer roter Mund öffnete sich langsam, wie in Zeitlupentempo formte sich ihr Mund um meinen Steifen herum.

Er glänzte noch feucht von meiner ersten heftigen Reaktion auf ihre Stimulation. Und schon wieder konnte ich nicht abwarten, ihn erregt zu fühlen. Die vollen Lippen sogen mein Glied tief in den Mund hinein. Ihre Finger streichelten dabei meine Hoden zart und gekonnt. Ich hatte es mir nicht so schön vorgestellt, wie sie es machte. Alles war so einfach und so erregend ... Mein Seufzen fiel in den Rhythmus ihrer Lippenbewegungen ein. Jeder Muskel spannte sich in meinem Unterleib an, jeder Nerv entzündete sich. Ich bekam eine Gänsehaut, als die Lippen mein Glied fester ansaugten. Ihre Zunge schmiegte sich um meine Eichel. Jede Berührung an dem empfindlichen Kopf zog bis tief in meinen Unterleib. Ich biss mir auf die Knöchel, weil mein Stöhnen sonst zu laut gewesen wäre.

Wie konnte ihre Zunge nur so wendig, so fantasievoll sein? Sie spielte auf meinem Glied wie eine Virtuosin auf ihrem Instrument. Der Himmel kam mir mit jedem Zungenschlag ein Stückchen näher. Es sah so absolut echt aus, wie sie es machte, so, als wenn sie wirkliche Lust hatte, mir einen zu blasen. Nicht nur, weil es Teil ihres Jobs war.

Ihre Lippen glänzten feucht. Der Speichel tropfte aus ihren Mundwinkeln. Wie oft hatte ich staunend vor den Pornos gesessen, wenn die Frau dem Mann den perfekten Blow Job gab. Oft hatte ich gedacht, seine totale Lust wäre auch auf der Grundlage so eines Films entstanden. Denn, wie konnten ein paar einfache weibliche Mundbewegungen den Unterleib eines Mannes so außer Kontrolle bringen, einen Mann derart beseelen? Jetzt wusste ich, wie das tatsächlich möglich war ...

Alles zog sich unterhalb meines Bauchnabels zusammen. Ich wurde sensibel, meine Eichel empfindlich. Veronicas Zunge schob sich in meinen Schlitz, öffnete ihn, damit ich ungehemmt kommen konnte. Und ich kam. Ich konnte nichts gegen den Ruck tun, der sich von Kopf bis Fuß durch mich schob.

Stöhnend presste ich mich nach vorn. Am liebsten hätte ich meinen ganzen Unterleib in ihren Mund geschoben. Und dann kam ich. Heftig. Noch viel heftiger als beim ersten Mal. Ich bog mich einen Hauch zurück, um zu sehen, wie mein Saft in ihren Mund schoss und an den Mundwinkeln wieder herauslief.

Veronica drückte sich hoch und ließ meinem vibrierenden Schwanz freien Lauf, sich zu entladen. Sie sah mich an. In ihren Augen glitzerte die Lust. Pure Lust und sonst nichts.

Sie ging lasziv auf das breite Bett zu. Ich schluckte nervös. Jetzt wurde es richtig ernst. Jetzt würde ich zum ersten Mal mit einer Frau schlafen. Bis jetzt war das von ihr an mir nur stimulierendes Aufwärmen gewesen. Jetzt sollte ich mich als ganzer Mann beweisen.

Veronica setzte sich auf das Bett und öffnete ihre Schenkel. Da blitzte es hell und dunkel und überall dazwischen glitzerte es feucht. Magnetisch angezogen von diesem verlockenden weiblichen Schoß, bewegte ich mich auf sie zu und hockte mich davor auf die Knie. Ich wollte sie anfassen und schmecken, bevor ich mich in das Paradies begab.

Vorsichtig streckte ich meine Finger nach ihrem Kitzler aus. Er fühlte sich schon ein bisschen vertrauter an. Langsam schälte ich ihn zwischen den breiten Schamlippen hervor, die sich nicht mehr schützend über ihn legten. Veronica ließ sich nach hinten fallen und stellte ihre Füße mit den dunkelrot lackierten Zehennägeln in den glänzenden Schuhen mit den schwindelerregenden Absätzen auf die Kante des Bettes und öffnete ihren Schoß. Damit war das ersehnte Paradies endgültig für mich zum Eintreten bereit ...

Mit wachsender Faszination widmete ich mich diesem kleinen Stück Lust in der Mitte ihres Schoßes und geilte mich daran auf, wie es sich in Form und Größe durch meine Berührungen veränderte. Es machte mich einfach unglaublich scharf, wie sich meine Stimulation auf Veronicas körperliche Stimmung auswirkte. Ihr Unterleib vibrierte sanft. Ihre schweren Brüste hoben sich unregelmäßig und ich sah zufrieden, wie sich ihre schlanken Finger mit den dunkelrot lackierten Nägeln in die Satinbettwäsche krallten.

Ich lächelte stolz. Tatsächlich schaffte ich es, meine erste Frau glücklich zu machen. Noch dazu eine, die so unendlich viele Männer gehabt haben musste.

Fasziniert fühlte ich, wie es feucht zwischen meinen Fingerkuppen wurde, so feucht, wie ich es mir erträumt hatte. Dieses weibliche Fleisch lockte mich so sehr, dass ich meinen Kopf zwischen die hellen Schenkel beugte und mit meinem ausgehungerten Mund danach schnappte. Ich konnte mich in diesem ersten Moment nicht daran erinnern, jemals etwas Schmackhafteres auf der Zunge gehabt zu haben. Es schmeckte betörend fruchtig, leicht, konnte mich süchtig machen.

Ich griff fest in ihren Hintern, um ihren Unterleib anzuheben. Dann sog sich mein Mund an Veronicas Kitzler fest und ließ ihn einfach nicht mehr los, bis es in ihrem Schoß anfing zu zittern. Sie bäumte sich nach oben, meinen Lippen entgegen, und ich massierte fürsorglich dazu ihre Schamlippen, während ich an ihrem Kitzler sog. Der Geschmack ihrer fruchtigen Lust floss auf meine Zunge und staunend fühlte ich – Veronica kam zu einem Orgasmus. Ich ließ alles los, um sie dabei zu betrachten. Das Faszinierende war: Weder ihr Kommen noch ihr Stöhnen waren gespielt.

Ich war bereit für den nächsten Schritt und wollte sie von hinten nehmen. Das war schon immer meine betrachtete Lieblingsstellung gewesen.

Veronica robbte nach oben und drehte sich auf den Bauch, nachdem sie ahnte, was ich wollte. Ich schob mich zwischen ihre Schenkel und hockte mich hinter ihr auf das Bett. Ich zog an den Strapshaltern, die sich über ihren festen Hintern spannten und bekam eine solche Lust auf sie, dass es fast weh tat. Ich hob ihren Unterleib an, indem ich mit einer Hand zwischen ihren Beinen nach vorn durchgriff und Druck ausübte. Dann schob ich mich näher an den Eingang heran. Mein Schwanz zitterte vor Erregung. Wir waren soweit.

Ich ließ mir Zeit, ihn einzutauchen, sich in diesem feuchten Kanal zurechtzufinden und sich vorwärtszutasten. Veronica regierte sofort. Sie presste sich mir behutsam entgegen. Alles war dadurch ganz einfach. Ich hatte es mir viel schwieriger vorgestellt.

Dann war ich tatsächlich drin. Zum ersten Mal in einer Frau. Zum ersten Mal verschmolz ich mit einem weiblichen Unterleib, und das nicht nur in meiner Fantasie. Es war noch so viel bewegender, befriedigender, befreiender, als ich mir das vorgestellt hatte. Es war wie im Himmel!

Ich wusste, ich musste mich jetzt bewegen, sollte jetzt anfangen zu stoßen. Und ich machte das so, wie ich es so oft gesehen hatte. Es funktionierte auf Anhieb. Lag es an mir, lag es an Veronica? Passte es einfach zufällig zusammen, dass es so gut lief?

Zuerst stieß ich noch etwas unsicher zu, bewegte mich vorsichtig tiefer, aber ich entdeckte schnell, es war besser mit härteren Stößen. Auch spürte ich an Veronicas Reaktion, sie mochte es lieber fest. Sie machte mir mit verdorbenen Worten Mut, begleitet von erregenden Lauten, die wie Musik in meinen Ohren klangen.

Ich kam wieder zu schnell, aber es war mir egal. Ich konnte es nicht mehr aufhalten. Später würde ich mir mehr Zeit lassen, aber jetzt musste ich es so schnell wie möglich erleben. Das erste Mal. Das erste Mal in einer Frau zum Orgasmus kommen. Die Welt um mich herum verschwand in kreisenden Drehungen. Zum ersten Mal kam ich in einer Frau. Alle hatten recht. Alle wussten es. Es war das geilste Erlebnis, das einem passieren konnte! Ich stieß weiter, immer nur weiter, stieß mich in einen richtigen Rausch, bis Veronica vor Glück heisere Laute von sich gab und sich ekstatisch dazu krümmte. Das war alles echt! Veronica kam, weil ich sie so geil stieß ...

Die Lust schraubte sich in mir hoch, ruckweise schoss sie aus mir heraus. Ich war höher, als in jedem irdischen Himmel angekommen ...

***

Wieder zu Hause, in völligem körperlichen Aufruhr und in überschäumendem geistigem Taumel, wollte ich Veronicas Geruch nicht gleich abspülen. Ich stieg nackt ins Bett. Alles roch noch so lüstern nach ihr und mir, nach meinem Sperma und ihrer Feuchtigkeit. Meine Schenkel, mein Schwanz, alles klebte von unseren vermischten Säften.

Ich schlief himmlisch!

***

Nachdem ich wieder einigermaßen erholt und ausgeruht war, wurde mir die Bedeutung Veronicas Worte, die sie mir zum Abschied gesagt hatte, bewusst: »Du darfst gern wiederkommen. Ich liebe es, junge Männer auf ihrem Weg zur sexuellen Vollkommenheit zu begleiten.« Sie hatte dabei sanft über meinen entjungferten Schwanz gestreichelt und regelrecht vor Wonne gegurrt. »Du hast Talent, mein Lieber. Es wird mir ein Vergnügen sein, dir zu zeigen, was ein Mann alles mit einer Frau machen kann ...«

***

Von dem Tag an musste ich keine erotischen Geschichten mehr erfinden. Ich konnte, wenn ich es wollte, aus meinem tatsächlich stattfindenden sexuellen Leben erzählen. Ich guckte auch kaum noch Pornos. Was ich bei Veronica mit ihr erlebte und von ihr lernte, war so viel spannender, als alles von außen Betrachtete.

Meine Freunde fragten nichts, aber sie sahen es mir bestimmt an: Ihr Geschenk zu meinem zwanzigsten Geburtstag war ein absoluter Volltreffer gewesen!

PartnerTausch

Von einigen weiß ich es, von vielen glaube ich es. Sowohl von Männern als auch von Frauen. Das Thema Partnertausch beschäftigt mehr Menschen in festen Beziehungen, als allgemein angenommen.

Auch bei mir entstand irgendwann das Bedürfnis, den Partner zu tauschen, und das zu einem Zeitpunkt, an dem ich behaupten konnte, glücklich und zufrieden mit ihm zu sein – auch im Bett. Ralph und ich hatten uns vor vielen Jahren kennen und lieben gelernt. Wir hatten Glück, dass wir eine solch beständige und befriedigende Beziehung leben und ausleben durften. Unsere sexuellen Fantasien und Bedürfnisse waren sehr ähnlich. Wir konnten über alles frei reden und hatten viel Spaß daran, unsere erotischen Fantasien gemeinsam umzusetzen. Ich weiß nicht, warum es so lange dauerte, bis das Thema Partnerwechsel zwischen Ralph und mir zur Sprache kam. Vielleicht, weil es doch eine andere Dimension sexueller Erfahrungen in einer Beziehung darstellte. Vertrauen und Verständnis waren wichtig beim Partnertausch. Viele Beziehungen überlebten einen Partnertausch nicht. Was der eine fühlte, musste nicht für den anderen gelten. Oft war danach für viele das Leben ein anderes ...

***

Obwohl ich es war, die sich einen Partnertausch wünschte, war es Ralph, der das Thema anschnitt.

»Ich war neulich mit Andy ein Bier trinken ...« Er machte eine Pause, als müsste er sich auf das Wichtigste an jenem Abend fokussieren. »Du weißt, dass Elena und er eine prima Ehe führen. Auch nach so vielen Jahren fühlt es sich zwischen den beiden gut an, erzählte er mir. Das hätte sie dir wohl auch schon gesagt, oder?«

Ich nickte. Ja, das stimmte. Elena und ich trafen uns ab und zu auf einen Kaffee. Ich hatte immer den Eindruck, aus ihren Erzählungen und ihrem Verhalten heraus, dass sie ihren Mann liebte und die beiden auch sexuell miteinander nicht zu kurz kamen. Obwohl ich trotzdem nie ganz den Anschein loswurde, dass Elena um einiges sexuell fantasievoller war, als ihr Mann.

»Andy ist rundum glücklich mit ihr, nach wie vor scharf auf sie und hat sich wohl Ähnliches auch von seiner lieben Gattin erhofft.« Ralph sah mich vielsagend an. »Aber anscheinend wandelt Elena, zumindest im Kopf, auf anderen erotischen Pfaden als Andy.«

Ich hatte das Gefühl, diese Geschichte könnte spannend für uns werden.

»Laut ihm gibt es im heimischen Bett keine Probleme. Sie haben oft genug Sex und er ist auch erfüllend, aber die gute Elena möchte trotzdem zu neuen Ufern aufbrechen. Dabei tut Andy alles mit ihr, was sie möchte und lässt sich auch immer wieder etwas Neues einfallen, um sie zu befriedigen.«

Ich musste in mich hineinlächeln. Andy war attraktiv, keine Frage, aber ob er wirklich den ausschweifenden Fantasien seiner Frau gerecht werden konnte, wagte ich zu bezweifeln.

»So? Was macht er denn alles mit ihr?«, konnte ich mir die neugierige Frage nicht verkneifen.

Ralph grinste. »Angeblich haben sie alle Stellungen ausprobiert, die man so ausprobieren kann, ohne danach im Krankenhaus zu landen.«

Ich lachte vergnügt.

»Er verwöhnt sie mit Massagen bis in den letzten Winkel ihres anspruchsvollen Körpers. Und – der Gute hat sogar verschiedene Vibratoren gekauft.«

Der Freund meines Mannes wurde gerade interessant.

»Aber all das reicht Elena nicht mehr. Sie will etwas Neues ausprobieren.«

Ich sah ihn fragend an. »Was ist so verkehrt daran, Neues auszuprobieren?«

Ralphs Gesicht verriet nichts, als er endlich zum wahren Punkt der ganzen Geschichte kam. »Elena will mit einem anderen Mann schlafen. Keine Affäre, keine andere Beziehung, nur einmal mit jemand anderem als Andy vögeln.«

Ich konnte mir gut vorstellen, wie enttäuscht Andy über diesen Wunsch sein musste. »Weiß sie auch, mit wem sie es tun will?«, fragte ich.

Mein Mann schwieg.

»Mit *dir* will sie schlafen!«, kombinierte ich.

Er nickte.

Für einen Moment war ich sprachlos, musste diese Information erst mal sacken lassen. Nach einer Weile fragte ich: »Und was darf Andy dafür?«

Ralph lächelte. »Als ob du das nicht schon ahnst ...«

Ich stellte mir Andy nackt vor. Nicht zum ersten Mal. Er hatte eine gute Figur. Das lag wohl daran, dass er oft mit dem Kanu fuhr. Er hatte die Muskulatur an den richtigen Stellen. Mehr brauchte ein Mann für den Partnertausch nicht zu haben. Ich wollte nichts anderes, als mal von jemand anderen gevögelt zu werden, genauso wie Elena nichts anderes wollte.

»Also Elena schläft mit dir und ich schlafe dann mit Andy, richtig?«, brachte ich es auf den Punkt.

So ausgesprochen bekam das Ganze eine noch pikantere

Note. Wir schwiegen beide eine Zeit lang. Jeder hing seinen eigenen Vorstellungen nach.

»Traust du uns zu, dass wir die Richtigen für Elenas kleines erotisches Wunschabenteuer sind?«, wollte ich wissen.

Ralph nickte langsam. »Warum nicht. Wir kennen uns lange genug, sind sexuell aufgeschlossen, wir ...«

Ich unterbrach ihn. »Wie findest *du* sie eigentlich? Zwar weiß ich, sie war schon immer scharf auf dich, aber wie steht es mit dir?«

Sein Gesichtsausdruck blieb unergründlich. Eine Weile überlegte er, ehe er sagte: »Ich finde sie sexy. Ich könnte es mir durchaus mit ihr vorstellen ... Das Ding ist, dass Andy mich tatsächlich gefragt hat, ob wir uns das zu viert vorstellen können ... Also, einen richtigen Partnertausch ...«

Ich brauchte noch mehr Wein. Ralph wusste nicht, dass es Wasser auf meine Mühlen war, was er da sagte.

Trotzdem musste ich es mit ihm besprechen, denn es war wichtig, dass auch er sich ganz sicher war. Es war ein gewagter Schritt für uns beide.

Schließlich waren wir uns einig. Wir würden einen Partnertausch mit Andy und Elena ausprobieren. Aber wir wollten nach unseren Regeln mit unseren Freunden »quervögeln«, so nannte ich es. Mein Herz klopfte laut bei der Vorstellung.

***

Ralph erklärte Andy, wie wir uns die gemeinsame Seitensprungaktion vorstellten. Er besprach es mit Elena, die wiederum sofort zustimmte – schneller und enthusiastischer, als ihr Mann sich das gedacht hatte.

Am kommenden Samstagabend würden wir das Paar besuchen.

***

Nachts lag ich wach. Was stellte ich mir mit dem Freund meines Mannes vor? Wollte ich das wirklich? Ralph schien die ganze

Sexaktion wesentlich entspannter anzugehen. Würde er kein bisschen eifersüchtig sein? Und was wäre, wenn ich es danach bereuen würde? Oder wenn wir beide es bereuen würden?

Du machst dir viel zu viele Gedanken, klangen mir die Worte meines Freundes im Ohr, bevor ich einschlief und von quervögelnden Menschen träumte.

***

Als sich am Samstagabend die Haustür öffnete, fiel die meiste Nervosität von mir ab. Ich hatte Lust bekommen, war geil geworden. Ich wollte mit Andy schlafen. Und er sah gut aus. Mir fiel ein Stein vom Herzen. Aber auch Elena sah besser aus, als ich sie sonst wahrnahm. Und mein Ralph schien das ebenfalls zu bemerken. Ich sah das Aufflackern in seinen Augen, das ich so gut kannte, wenn er Interesse bekam und fühlte einen schnellen, heftigen Stich von Eifersucht in mir. Aber der verflog, als ich bei genauerem Hinsehen feststellte, wie überraschend attraktiv Andy an diesem Abend auf mich wirkte. Hätte ich ihn so irgendwo anders zum ersten Mal gesehen, in einer Bar vielleicht, ich hätte ihn angesprochen.

Der Sekt floss reichlich. Ich glaubte, letztendlich mussten wir uns doch alle noch ein bisschen Mut antrinken. Außerdem schmeckte es gut und machte prickelnde Laune.

Es war abgemacht, dass die Paare nicht voneinander getrennt miteinander schlafen würden. Da waren Ralph und ich uns einig gewesen. Gerade mir war es lieber, ich wusste, was mein Freund mit einer anderen Frau machte. Es sollte alles in einem Raum bleiben und keine Geheimnisse geben.

Ralph war derjenige, der das Partnertauschspiel für eröffnet erklärte und sofort nach Elena griff. Ihr Kleid öffnete sich. Elena sah darunter wirklich sehr sexy aus. Sie musste unglaublich teure Dessous gekauft haben. Vermutlich von Andy bezahlt, fiel mir ein, und ich unterdrückte mein Grinsen.

Ralphs Finger verloren sich verliebt in dem provozierend ausgeschnittenen Oberteil. Er hob ihre Brüste hoch und präsentierte uns dieses pralle Leben.

Es machte mich an, wie mein Freund diese Schwere einfing, sie streichelte und ihre Brustwarzen hart machte. Elenas Seufzen klang gut.

Ich fühlte Andys Hände unter meinem Pulli und das erregte mich. Seine Lippen waren zärtlich. Sofort öffnete ich meinen Mund für seinen und spürte die Wirkung seiner Zunge bis in meinem Unterleib. Ich half ihm, mein Höschen auszuziehen und spreizte die Schenkel weit unter dem hochgeschobenen Rock. Ich zog meinen Pulli aus und den BH einfach runter. Ich war schnell geil geworden.

Elenas Seufzen war deutlich zu hören und ich musste für einen Moment hinsehen, was mein Freund mit ihr machte. Sie stand da, nur in diesem unglaublichen Dessous, das ein aufregendes Netz aus Schnüren bot, zwischen denen sich die Brüste durchgeschoben hatten. Die harten Spitzen hatten sich zwischen weniger weiten Maschen verfangen und boten einen absolut verführerischen Anblick.

Ralphs Hand stöberte zwischen ihren Beinen und fand erst nach einigem Suchen das eigentliche Ziel. Denn auch das Unterteil bestand aus einem Netz von Schnüren, die in der Mitte ihres Schoßes etwas geöffnet waren, sodass gerade eben eine Hand durchpasste.

Zu meinem Glück waren Andys Finger stimulierender, als ich es ihnen zugetraut hatte. Seine Fingerkuppen fühlten sich männlich rau an und ließen nach der richtigen Reibung meine Brustwarzen aufrichten. Seine Finger tasteten sich zwischen meinen Schenkeln vor, wo sich zitternd die Mitte meiner Lust öffnete – weit öffnete. Ich spreizte mich willig für diese Finger. Lautloses Stöhnen stieg aus meiner Kehle hoch und ich beschloss, endlich herauszufinden, wie gut gebaut Elenas Mann wirklich war.

Verlangend knöpfte ich seine Hose auf, konnte kaum abwarten, ihm alles auszuziehen, was mich störte, und fand überrascht einen Schwanz vor, der wunderbar groß, wie passend geformt, war. Elena hatte nicht übertrieben. Der Schwanz ihres Mannes war eine Sünde wert.

Elena selbst verschwendete gerade aber keinen einzigen Gedanken an dieses Prachtstück, sondern loderte vor Verlangen nach dem fremden, noch unbekannten Schwert meines Freundes, das hoffentlich bald in sie eindringen würde. Ralph hatte sie auf den weiß lackierten Esstisch gehoben und sich vor sie gestellt. Das war eine seiner Lieblingspositionen. Wie oft hatten wir hier zu viert gesessen, gegessen, getrunken und gelacht, ohne zu ahnen, was wir hier mal treiben würden ...

Ich sah zu, wie Ralph sich nach vorn beugte, zwischen diese hellen Schenkel. Seinen Kopf vergrub er in ihrem Schoß und ich wusste, dass er damit sofort Elenas Geschmack traf, denn mein Freund konnte genial lecken. Er hatte mich immer gern und ausgiebig mit fantastischen oralen Künsten verwöhnt. Ich war gespannt, ob Andy dagegenhalten konnte.

Sein Mund wanderte ausgelassen über meinen Körper, tanzte auf meinen Brüsten, glitt vor und zurück, über die Brustwarzen und verwöhnte mich sehr gekonnt. Sein Mund wanderte nach unten, über meinen Bauchnabel. Zitternd wartete ich darauf, dass er jetzt meine Schamlippen streifen und sich dann endlich wollüstig an meinem Kitzler vergehen würde. Doch er hatte sein eigenes Tempo. Er streckte seine Finger aus, um sich langsam über meine Schenkel durch den Schoß bis zu meinem harten, lüsternen Mittelpunkt, meiner Klitoris, vorzutasten. Er griff danach, zog sie aus den feuchten Schamlippen ganz hervor und führte sie an die Lippen. Ich konnte nicht glauben, was er dann damit anstellte. Wie geschickt, geradezu virtuos, er damit spielte. Wie er Finger und Lippen und Zunge gleichzeitig einsetzte, um mich zum Strömen zu bringen. Wie er gefühlvoll massierte ... Und ehe ich begriff, was mir da geschah, kam ich zum Höhepunkt. Dabei hatte Andy noch gar nicht richtig angefangen, mich zu verführen.

Ich fing den fragenden Blick meines Freundes auf. Ich kam selten so schnell. Ich mochte die langen ausdauernden Vorspiele. Aber ich hatte mich gegen diesen schnellen Ausbruch überzeugter Lust nicht wehren können und es auch nicht gewollt.

Ralph drängte sich, als Antwort darauf, geradezu herrisch zwischen die einladend geöffneten Beine Elenas. Sie bäumte sich sofort auf und schob ihre langen Schenkel über seinen nackten Hintern, um ihn näher in sich zu ziehen. Ihre Augen waren geschlossen, der Mund weit geöffnet und ihr Gesicht drückte höchsten stimulierten Genuss aus. Ich sah noch ein paar Stöße lang zu, wie sich sein Unterleib kraftvoll mit ihrem verschmolz. Ich wusste, wie effektiv er mit seinen Hüftbewegungen war, wie hart und tief er sein Glied stoßen konnte, und empfand kein bisschen Neid, sondern wartete ungeduldig auf das, was ich noch zu erwarten hatte.

Lüstern bog ich mich zurück und spreizte mich weit, griff hungrig nach diesem vollkommenen Schwanz, zog ihn vorsichtig näher, um ihn besser betrachten zu können. Er vibrierte sacht und selig vor Vorfreude. Meine Hand fasste schnell zu. Ich wollte ihn fühlen, bevor er in mir verschwinden würde. Wie vermutet, fühlte er sich unglaublich gut an. Es lag sicher in meiner Hand, drängte sich lüstern hinein und ließ sich bearbeiten, ließ sich vollendet härten. Schnell massierte ich ihn, bis Andy laut stöhnte, dabei einen herausfordernden Blick zum Esstisch schickte. Mit einem Ruck trieb er ihn in mich, seinen vollendeten Schwanz. Vom ersten Stoß an war unser Akt ein perfekter Hochgenuss.

Ich war überrascht, wie sicher Andy mich nahm. Wie geschickt er seinen schönen Schwanz von hart bis zärtlich, von vornan bis tief überall hin einsetzte. Er nahm mich wirklich richtig ran. Das hatte ich ihm nicht zugetraut und ich genoss die sexuelle Überraschung, die er mir in den Schoß legte.

Ich hörte Elenas lüsterne Seufzer von weit her und ihr verdorbenes Flüstern, das verzerrt durch den Raum zu uns herüberwehte. Aber ich fühlte kein bisschen Eifersucht, und Andy war viel zu sehr zwischen meinen Schenkeln beschäftigt und mit meinen Brüsten, um für ähnliche Gefühle Zeit und Grund zu haben.

Er stieß tief und tiefer. Ich ertappte mich dabei, wie ich eindringlich in sein Ohr um mehr bettelte. Er schob sich kompromisslos in mich und ich schlang meine Beine um seinen starken Rücken, damit mir auch bloß kein bisschen von seiner Gier verlorenging.

Sein Glied vibrierte, erst sacht, dann stärker. Seine Lippen bissen sich an meinen empfindlich gewordenen Brustwarzen fest. Ich spürte, wie er gleich kommen würde und mit etwas Glück würde er mich auf seinem Aufstieg zum Gipfel unserer verschmelzenden Lust mitnehmen.

Ich hörte meinen Freund stöhnen, während er sich ganz bestimmt immer tiefer in Elenas Unterleib bohrte. Ralph mochte die tiefen, ausdauernden Stöße und konnte sich geradezu orgiastisch daran aufgeilen. Ich sah mit geschlossenen Augen ihre schweren Brüste vor mir, die vermutlich durch die Wucht seiner Stöße völlig außer Kontrolle geraten waren. Die hellen Brustwarzen, die so spitz waren, tanzten ganz sicherlich total aus der Reihe. Es erregte mich eher, als dass es mich neidisch machte. Ich gönnte ihm die Lust, die er mit ihr empfand, weil die Lust, die mich mit Andy verband, auch so geil war.

Unser Orgasmus schob sich heran. Alles wurde heiß, tief in mir drinnen. Hitzewellen wirbelten hoch und schossen von meinem Unterleib in den Rest meines Körpers.

Andy presste sich in mich. Seine Hände versuchten, mich immer näher an sich zu ziehen, obwohl wir doch schon miteinander verschmolzen waren. Und dann konnte nichts mehr die Kraft aufhalten, die sich aus der Verschmelzung unser beider Körper bildete, hoch und höher stieg. Mit einem Ruck schleuderte sich uns dieser erste gemeinsame Höhepunkt heftig entgegen. Und während ich diesen Höhepunkt genoss, fühlte ich die Augen meines Freundes auf mir. Wie Hände tasteten sie sich vorwärts, wollten mit dabei sein, wenn ich kam. Als wollten sie es sein, die mir den letzten Schritt zum Gipfel ebneten. Aber ich war schon ganz oben angekommen, ohne ihn ...

Ich hörte Elenas hohe spitze Schreie und wusste, wie geil sie war. Denn ich wusste, wie geil Ralph mich machen konnte. Sicher schenkte er ihr jetzt gerade den Himmel auf Erden.

Ich ließ mich vom Sofa herunterziehen und umdrehen, landete somit auf dem Bauch und bog mich sofort Andys Händen entgegen. Ich war froh, dass er noch nicht fertig mit mir war. Meine Sättigung an seinem Schwanz und allem, was damit zusammenhing war nämlich noch lange nicht erreicht. Davon wollte ich unbedingt mehr haben.

Ich hörte Elena obszöne Worte in die Luft stöhnen und war sicher, Andy konnten ihre Ausdrücke höchster Geilheit nicht beeindrucken. Er blieb an mir dran und spaltete meinen Unterleib mit seinem Schwanz in zwei nach Lust geifernde Hälften. Nachdem er sich dort reingeschoben hatte, schlossen sie sich ganz fest um ihn, damit er nicht wieder raus konnte.

Auch Ralph und Elena hatten die Stellung gewechselt. Sie würden ihren Spaß in dieser Position haben, dachte ich. Ralph war gut darin, eine Frau von hinten zu nehmen. Ich hatte mich dabei immer besonders stimuliert gefühlt. Ich gönnte es Elena, sah fasziniert zu, wie sie sich unter seinen kraftvollen Hüftbewegungen wand, wie er an ihre Brüste griff, die auf den Esstisch schlugen, wenn er besonders hart zustieß.

Als auch Andy in einen Rhythmus fiel, der einzigartig war, begriff ich, dass zwischen den beiden Freunden gerade ein typisch männliches Wettbewerbsdenken stattfand. Jeder wollte der Beste sein. Als Sieger sollte derjenige daraus hervorgehen, der am besten vögelte und am geilsten befriedigte. Wir Frauen konnten davon nur profitieren ...

Ich betrachtete Elenas zuckenden Hintern und fühlte mit, wie sie wohl unter so viel schwanzgesteuerter Stimulation empfand. Schließlich kapitulierte sie und ergab sich hoffnungslos unter Ralph. Ich sah zu, wie die beiden kurz nacheinander zu ihren Höhepunkten kamen. Ralph zuerst. Er war so aufgeladen von allem und riss Elena einfach mit, auch wenn sie sich lieber noch ewig von ihm hätte weitervögeln lassen wollen.

Ich fühlte Andys heißen Atem in meinem Nacken, als er sich über mich beugte, um mir Dinge ins Ohr zu flüstern, die mich, vermischt mit der Intensität seiner letzten zugefügten Hiebe in meinen Unterleib, hoffnungslos davontreiben ließen ...

**

Auf dem Weg nach Hause schwebte ich wie betäubt in einem rauschartigen Zustand. Ralph und ich sprachen kaum miteinander. Jeder von uns hing seinen Gedanken und Gefühlen nach. Wir hatten vor diesem Partnertausch vereinbart, mit keinem Wort darüber zu reden, nichts zu fragen und auf keine Antworten zu bestehen.

Im Flur zog Ralph mich herrisch an sich. Ich ließ mich von seinen dominant gewordenen Händen ausziehen und mich in jeder Stellung, die möglich war, von ihm nehmen.

Zwar waren wir beide schon restlos erschöpft, aber wir konnten einfach nicht voneinander lassen. Unsere Höhepunkte, zeitversetzt und auch gemeinsam, waren erfüllt von maßloser Gier und unbezähmbarer Geilheit. Es war taghell, als wir ineinander verschlungen einschliefen.

***

Ab und zu treffe ich mich mit Elenas Mann. Wir mieten uns ein Stundenhotel, wo wir es so ausgiebig und fantasievoll treiben, dass wir das immer wieder haben wollen. Ich weiß, dass Elena und mein Freund sich auch ab und zu treffen. Ich nehme an, auch in einem Stundenhotel, wo sie offensichtlich ebenso miteinander vögeln.

Wir vier haben also ein gemeinsames offenes Geheimnis. Es tut uns und unseren Beziehungen gut.

Ich hoffe, dass wir vier noch lange so genial quervögeln können ...

SCHUHFETISCH

Lange Zeit wusste ich nicht, dass ich einem Fetisch erlegen war, bis ich zufällig darüber eine Dokumentation im Fernsehen sah. Dort hieß es: »Als sexueller Fetischismus wird in der Regel ein von der Norm abweichendes sexuelles Verhalten verstanden. Meist dient ein unbelebter Gegenstand, der sogenannte Fetisch, als Stimulation für die sexuelle Erregung und kann bis hin zur Befriedigung dienen.«

Dieser unbelebte Gegenstand war in meinem Fall der Schuh. In allen Variationen. Von dem Moment an hatte meine Leidenschaft einen Namen.

Wahrscheinlich bin ich deshalb unbewusst Schuhverkäufer geworden. Vor langer Zeit schon, als ich noch gar keine Ahnung hatte, was ein Fetisch war und dass ich einen in mir trug.

***

Seit einem Jahr betrieb ich einen kleinen, aber feinen Schuhsalon. Es hatte lange gedauert, bis ich meinen Traum vom eigenen Laden erfüllen konnte. Dafür hatte ich jahrelang sehr hart gearbeitet, hatte wertvolle Professionalität in einigen renommierten Schuhgeschäften als Verkäufer gesammelt, bis ich dazu befähigt war, selbstständig auf diesem Gebiet zu werden.

Über die Jahre war ich ein wirklich guter Verkäufer geworden. Einer von der alten Schule. Mit exzellenten Manieren und erlesenem Wissen.

Der Verkauf von Schuhen mag dem einen oder anderen

vielleicht eher trivial, geradezu banal erscheinen, aber dieses Metier, wenn es professionell geführt wird, ist ein anspruchs-volles. Schuhe müssen nicht nur an den Fuß passen, sie müssen auch an die Frau passen, zu der dieser Fuß gehört. Erst wenn beides zur Einheit verschmilzt, dann hat ein guter Schuhver-käufer perfekte Arbeit geleistet.

Es machte mich glücklich, Schuhe zu verkaufen. Es befrie-digte mich geradezu. Im geistigen sowie auch im körperlichen Sinne. Damit machte die Definition Fetisch für mich Sinn!

***

Besonders schwer fiel es mir an Sonntagen oder auch an endlos dahinziehenden Feiertagen, in denen ich Stunden ausharren musste, bis ich wieder durch die Eingangstür in mein eigent-liches Leben zurückkehren konnte. Ich brauchte auch keinen Urlaub, um neu aufzuladen, keine Auszeit, um abzuschalten – keine Erholung von dem Schuhgeschäft. Ich holte mir geistige und körperliche Entspannung beim Verkauf von Schuhen.

Etwas problematisch wird es, wenn man mich fragt, warum ich Schuhverkäufer geworden bin. Dann halte ich mich dies-bezüglich lieber bedeckt. Erkläre irgendetwas zwar Sinnma-chendes, aber doch eher Fadenscheiniges. Den wahren Grund behalte ich mittlerweile lieber für mich. Die Leute kommen auf komische Gedanken ...

Was mich an Schuhen so begeistert, ist zum einen das Ma-terial, aus dem die hochwertigen Modelle hergestellt werden, die ich an die Füße der Frauen bringe. Der Geruch des Leders, der mir entgegenströmt, wenn ich den Laden aufschließe, der mich dann einfängt und umhüllt. Dieser Duft, den ich witternd einsauge wie ein Raubtier, das seine Lieblingsbeute schon sicher weiß. Und schließlich die Berührung des glatten, kühlen Materials, die sich unglaublich beruhigend auf meine Haut auswirkt.

Doch auch die schönsten Schuhe sind ohne Inhalt nicht gleichzusetzen mit einer angemessenen Erregung. Auch die schönsten Schuhe werden erst vollkommen mit den dafür geeigneten Frauenfüßen. Frauenfüße, die uneingeschränkte Krönung der weiblichen Schöpfung! Mein Leben wäre nicht viel Wert ohne sie. Der Anblick und die Vorstellung anmutiger in die Schuhe gleitender Füße, wecken den Anstoß zu meinen Fantasien. Fantasien, über die ich noch nie mit jemandem gesprochen habe. Erotische Fantasien, die mir den Schlaf rauben und mich durch den Tag bringen.

Leider gibt es auch die ungepflegten und dadurch abstoßenden Füße. Die Liste unattraktiver Fußmerkmale ist lang. Da mein Schuhsalon aber ein edles Ambiente bietet, sind solche Fußentgleisungen zum Glück selten. Die Damen, die Wert auf meine Schuhe legen, legen insgesamt auch Wert auf ihr Äußeres und das reicht bis hin zum kleinen Zeh.

∗∗∗

Ich war nicht verheiratet und hatte nur für sehr kurze Zeit eine Freundin, die den Namen eigentlich kaum verdiente. Im Bett fanden wir kaum zueinander und wenn ja, dann weder zu ihrer noch zu meiner Befriedigung. Ich hatte andere Vorstellungen von der Lust als sie. Ähnlich erging es mir auch bei anderen Frauen. Diese meldeten sich nach unseren Treffen nicht wieder bei mir.

Vielleicht lag es daran, dass ich ihnen High Heels anbot, in denen ich sie nehmen wollte. Schuhe, an denen ich mich vorher vergangen hatte. Es schien sie eher abzustoßen als anzuziehen. Ich befürchtete, sie ahnten, was ich trieb, bevor ich es mit ihnen trieb.

Und so träumte ich davon, anstatt sie zu leben: die totale erotische Erfüllung. Bis zu jenem Tag im frühlingshaften Monat März ...

***

Es war warm. Zu warm für diese Jahreszeit. Aber das war perfekt für die neue Kollektion, die sich in etlichen Boxen im kleinen Lager des Geschäftes stapelte. Es war spät, und eigentlich hätte ich den Laden abschließen sollen, aber mir war noch nicht danach zumute, nach Hause zu gehen. Die neuen Schuhe hätte ich auch noch an den kommenden Tagen auspacken und auspreisen können, aber ich war zu aufgeregt, zu ungeduldig, sie endlich bei mir in meinem Schuhsalon ausstellen zu können. Es war von der Warenbestellung auf der Mailänder Schuhmesse, bis zu der Ankunft der Kartons bei mir im Laden unendlich viel Zeit vergangen. Deswegen konnte ich einfach nicht nach Hause gehen, ohne zumindest kurz an den verschiedenen Modellen geschnuppert zu haben.

Schon beim Auspacken der ersten Boxen erfüllte mich stiller Jubel, welch fantastische Auswahl ich da getroffen hatte. Ich lächelte sehr zufrieden, denn ich hatte einfach den richtigen Draht zu den schönsten Schuhen. Es würde kaum möglich sein, in anderen Läden schönere Modelle zu finden. Meine Kundinnen würden mit meinen verführerischen Angeboten mehr als zufrieden sein. Die Palette der Farben war hinreißend. Von mattem Silber über funkelndes Gold zu strahlenden Rot- und Pinktönen. Edles Schwarz und elegantes Weiß. Es würde für die Frauen schwer werden, sich zu entscheiden.

Mein Lieblingsschuh schillerte in verschiedenen Farbnuancen und betörte durch glitzernde Riemen mit aufwendiger Stickerei und edlem Perlenbesatz. Das ästhetische Paar lag in meiner Hand. Ich roch daran und meine Gedanken klebten feucht an den Schuhen, als die Türglocke mich zur Vernunft läutete.

Ich zuckte zusammen, ertappt bei sündigen Vorstellungen, und schenkte der Kundin mein einstudiertes Lächeln.

170

Die Frau, die hereinkam, sagte nicht so etwas wie »Guten Abend« oder »Entschuldigung, haben Sie noch geöffnet?«. Sie sah mich nicht mal an. Ihr Blick glitt oberflächlich durch den Raum, über die offenen Boxen, die teilweise schon ausgepackten Modelle und blieb nirgendwo länger als nötig hängen. Schließlich betrachtete sie mich doch.

Nicht, weil sie das wollte, sondern, weil sie es musste. Ihre Stimme war spröde, aber mit erregendem Timbre. »Ich hoffe, ich bin hier richtig.« Abschätzend betrachtete sie die halb ausgepackten Kartons.

Ich wurde nervös. Der Schuhsalon sah in diesem Moment wenig einladend aus.

Sie war keine Schönheit, aber sie war eine Frau mit Stil. Selbstsicher, weltgewandt. Als unsere Augen sich trafen, fühlte ich mich bis ins Mark getroffen, auch von ihrer Erscheinung, ihrer Haltung. Geld schien bei ihr keine sonderlich große Rolle zu spielen.

»Zeigen Sie mir etwas, das ich woanders nicht finden kann.« Verwöhnte, arrogante Frauen gingen hier ein und aus. Ich konnte diese Art von hochmütiger Überheblichkeit hervorragend zu meinem geschäftlichen Vorteil nutzen. Aber die hier, die kam aus einer anderen Liga. Bei ihr würde ich mich vorsehen müssen. Auf der Hut sein – wovor auch immer. Sie behandelte mich wie etwas Lästiges, an dem man leider nicht vorbei kam, wenn man etwas von ihm wollte.

»Machen Sie mich neugierig.« Sie setzte sich in einen meiner geschmackvollen Designersessel. Ihre Stimme bekam einen rauen Klang. »Befriedigen Sie mich!«

Ich starrte sie an. Sie schaute nicht weg. Und ich hatte mich nicht verhört. Sie hatte tatsächlich zu mir gesagt: »Befriedigen Sie mich!«

Ich hoffte, sie würde nicht sofort die verräterischen Schweißflecken« sehen, die sich unter meinen Achseln gebildet hatten und schon bald Ränder in das teure Hemdmaterial drücken würden. Ich griff irritiert in die Boxen hinein, suchte nach den richtigen Größen und kniete vor dieser Frau nieder. Sie sah auf mich herab, betrachtete mich sogar ausführlich, als ich ihre noch fast neuen, kaum gebrauchten und irre teuren Stilettos von den zierlichen Füßen abstreifte. Ihre Fußnägel waren hell lackiert, in einem schillernden blassen Malveton. Eine eher seltene Farbe. Die Zehen selbst waren makellos geschnitten und gefeilt. Sie saß vermutlich wöchentlich bei der Pediküre.

Die Haut an den Beinen war glatt, zart gebräunt von der Hacke gleichmäßig getönt aufwärts. Ihre Füße glitten anmutig in das erste Modell. Ich war sicher, es würde passen wie angegossen. Ich wusste immer genau, welche Größe die Frauen brauchten. Es geschah selten, dass ich mich verschätzte.

Während ich die langen Riemen sorgfältig um die festen Waden hochwickelte, konnte ich ihre Haut berühren. Ich fühlte es mit einem Mal ganz deutlich: Ich würde dieser Frau hoffnungslos erliegen ...

Ich ließ mir Zeit und sie ließ es zu, dass es so lange dauerte, länger als nötig, und je höher meine Finger auf ihrer Haut glitten, umso sicherer ahnte ich, etwas kam auf mich zu, von dem ich nie gedacht hätte, dass es mir mal passieren würde ...

Ich sah zu ihr hoch und war wie geschockt, konnte es im ersten Augenblick gar nicht glauben. Sie trug kein Höschen! Diese Frau war ohne Unterwäsche in meinen Laden getreten! Entweder tat sie das immer so oder nur heute, vielleicht sogar extra für mich.

Meine Schweißausbrüche ließen sich nicht stoppen, geradezu erbärmlich lief es mir an den Seiten hinunter.

Ich konnte alles, was zur weiblichen Anatomie zwischen den Schenkeln dazugehörte, erkennen. Einfach alles!

Es fühlte sich von einem Moment zum anderen an, als wäre ich krank geworden und mein Körper reagierte auf diese nackte Enthüllung mit Schüttelfrost. Mit zusammengebissenen Zähnen und hochrotem Gesicht versuchte ich, normal zu atmen, weniger zu schwitzen und mehr zu sehen. Meine Finger gehorchten mir nicht mehr. Nur die Routine verhalf mir dazu, mein Werk mit dem Schnüren an ihren Beinen zu beenden.

Als ich fertig war, wagte ich es für einen Moment, sie anzusehen. Ihre Pupillen waren weit geöffnet und funkelten drohend auf mich herab. Sie erhob sich herrisch und ich wich auf Knien ein Stück zurück. Die Kundin ging durch meinen Salon, auf den bestimmt schönsten Schuhen, die sie jemals angehabt hatte. Ich ließ sie nicht aus den Augen. Sie ging auf und ab. Nein, es war eher wie das tänzelnde Schreiten einer Göttin. Schon allein die Art, wie sie sich darin fortbewegte, würde mir immer im Gedächtnis bleiben.

Sie blieb vor mir stehen und stieß mich mit der Fußspitze an. »Ganz hübsch. Aber ich bin noch weit davon entfernt, befriedigt zu sein. Sie haben mich allenfalls neugierig gemacht.« Ihr Ton war überheblich, ihre Art beinahe vernichtend. Sie wollte mich demütigen. Und das hatte ich natürlich verdient, absolut verdient. Es tat nicht nur gut, es tat auch ein bisschen weh, wie sie mich behandelte. Sofort fragte ich mich: *War sie so zu mir, weil ihr etwas an mir lag? Weil ich sie interessierte? Weil sie mehr von mir wollte, als bloß Schuhe?*

Ich konnte nur hoffen, es würde so sein. Denn ich war ihr bereits verfallen, und mit etwas Glück würde sie mich gnädig behandeln.

Stolz präsentierte ich von den schönen die schönsten Modelle, streifte sie ihr liebevoll über, fror vor Lust, wenn ich dabei ihre Haut berühren und zwischen ihre anstößig geöffneten Schenkel schauen durfte. Die Zeit verflog wie im Rausch und ich wollte nichts weiter, als hier sitzen bleiben und gucken und berühren dürfen.

Sie entschied sich für ein schillernd glänzendes Modell. Für vollkommene Schuhe, die ihrer absolut ebenbürtig waren.

»Also diese sind ganz brauchbar. Ich nehme sie.«

Ich nickte geflissentlich. Endlich hatte ich ihren Geschmack befriedigt.

»Unter einer Bedingung.« Sie sah mich abschätzend an. »Bevor ich sie auch wirklich tragen kann, müssen Sie die Schuhe noch säubern.«

Ich nickte eifrig. »Selbstverständlich. Ich poliere alle Schuhe noch einmal mit dem hochwertigsten Polish, bevor ich sie für unsere Kunden einpacke.«

Ihr Lachen triefte vor Hohn und durchdrang meine Körper, schob sich tief in den Unterleib, bis unter meine Vorhaut.

»Ach nein, wie schwerfällig Sie doch sind. Was Sie normalerweise mit den Schuhen für Ihre normalen Kunden machen, spreche ich nicht.« Das Lachen dauerte an und machte mein Geschlechtsteil steif. Ich bewegte mich nicht.

»Ich meine nicht, die Modelle mit einem x-beliebigen Mittel zu polieren. Ich spreche davon, dass Sie, mein Lieber, diese Schuhe mit ihrer Zunge polieren. Und wenn Sie das nicht zu meiner absoluten Befriedigung hinkriegen, dann kaufe ich sie nicht.«

Während ich Zeit brauchte, um zu begreifen, was sie da von mir forderte, setzte sie sich wieder in den teuren Designersessel und öffnete ihre Beine, ließ mich darin visuell verweilen, so als könnte mich ihr einladender Schoß restlos vor der Absurdität ihrer Forderung bewahren.

»Bin ich zufrieden mit Ihrer Zungenwäsche, wird das nicht zu Ihrem Nachteil sein.«

Sie gab mir keine Bedenkzeit. Wozu auch. Ich würde ja alles tun, was sie von mir verlangte. Sie hatte mich grundlegend durchschaut, konnte maßgebend befehlen. Und das tat sie dann auch mit Worten, die mich im Bruchteil einer Sekunde schockierten: »Ausziehen! Hose, Unterhose runter!« Ihre Stimmlage duldete keine Überlegung.

Mit bebenden Fingern zog ich an meinem Reißverschluss, zerrte die unscheinbare graue Hose runter und entledigte mich meiner schlichten weißen Unterhose. Dann stand ich da, wartete auf die nächste Anweisung und traute mich nur, sie unter gesenkten Lidern anzusehen. Ihre Augen durchdrangen meinen Schwanz wie zielsicher abgeschossene Pfeile und bohrten sich in meine Hoden.

»Sieh an. Das hatte ich gar nicht so ansehnlich vermutet.« Ihre Augen wurden zu Schlitzen. »Du weißt anscheinend zu überraschen.«

Sie zeigte mit ihrem langen, krallenartigen Zeigefinger auf den Boden vor sich. Schnell war ich wieder vor sie auf meine Knie gesunken. »Fang jetzt an. Ich habe ganz bestimmt nicht ewig Zeit für dich.«

Nein, natürlich nicht. Das hatte sie ganz bestimmt nicht. Es warteten ganz sicher noch andere Männer auf ihre Anweisungen.

Ich wollte mit aller Inbrunst, zu der ich fähig war, lecken. Ich hörte auf, Herr über meinen Geist zu sein, nahm ihren linken Schuh in die Hände und glitt mit der Zunge über die ledernen Riemen. Einen nach dem anderen. Natürlich leckte ich zu Hause auch an Schuhen. Ich hatte mir im Laufe der Zeit eine geradezu perfekte Schuhlecktechnik angeeignet. Ich hatte etwas über die Jahre entwickelt, das wohl einzigartig war in der Technik des Schuhleckens.

Schon bei der ersten Zungenberührung versteifte sich mein Geschlechtsteil zufriedenstellend. Ich leckte stärker, ohne dabei den Blick von ihrem Schoß zu nehmen. Denn ich fand schnell heraus, je intensiver ich den Schuh mit der Zunge bearbeitete, desto williger ließ sie mich ihr weibliches Geschlecht betrachten.

»Du hast Talent.«

Ihr Lob trieb meine Zunge vorwärts. Sie kletterte mit dem spitzen Absatz ihres rechten Schuhs auf dem Ärmel meines Hemdes nach oben, bis auf meine Schulter dicht neben meinen Hals. Die metallenen Spitzen drückten sich dabei schmerzhaft in meinen Arm, aber das war es wert. Denn ich konnte in dieser Schenkelhaltung viel besser in ihre verheißungsvolle Frucht sehen. Ihre Vagina war provokant zur Schau gestellt. Ich zitterte vor Gier danach, wollte erst meinen Willen, dann mich ganz in ihr verlieren.

Ich weiß nicht, wo plötzlich diese Gerte herkam, die sie zwischen ihren Fingern hielt. Lang und schlank mit edlem Knauf und sich schlängelnden Spitzen. Für einen Moment betrachtete ich überrascht dieses schöne Stück Züchtigung.

»Habe ich dir schon erlaubt, aufzuhören?«, zischte sie.

Ich schüttelte stumm den Kopf.

»Dann leck gefälligst weiter!« Ihre Stimmlage duldete nichts, außer, ihren Befehlen zu folgen.

Ich hörte das Gertenende durch die Luft fliegen. Es landete hart auf meinem nackten Gesäß, tat mehr weh, als ich gedacht hatte. Ich zuckte zusammen. Leider dauerte es, jeden einzelnen Riemen mit der Zunge zu säubern, aber ich hätte alle Zeit der Welt dafür aufgebracht.

Sie stieß mich zurück. »Das reicht. Jetzt den anderen Schuh.«

Ich führte den anderen Schuh schnell an meine Lippen, um auch den mit meiner Zunge zu lecken.

»Das dauert ja ewig!«

Der nörgelnde Ton ihrer Stimme reizte mich. Ich sollte mir das nicht gefallen lassen, dass sie mich so behandelte, aber ich wollte genau das. Ich tat zwar mein Bestes, denn ich war ja ein exzellenter Schuhlecker aber sie war nicht zufrieden und machte weiter, mich mit der Gerte zu schlagen. Ein Hieb nach dem nächsten klatschte auf meinen Hintern. Sie nahmen an Intensität zu und mein Hintern fing an zu brennen. Würde ich Striemen zurückbehalten oder verstand sie ihr Metier, so wie ich meines? Das Brennen verwandelte sich in ein Ziehen und endlich kam auch der wahre Schmerz mit den Schlägen.

Dieser Schmerz war lustvoller Antrieb. Mein Mund glitt rasant über die Oberfläche der Schuhe. Meine Zunge fühlte und leckte. Nie hatte sie so geleckt. Sie leckte sehr sorgfältig an jedem der Riemen entlang bis hoch über das Knie und höher. Und je höher meine Zunge kam, umso mehr vibrierte ihre Haut unter meiner Zunge. Ich lächelte in mich hinein. Ihr gefiel, was ich tat. Natürlich!

Sie benutzte die Gerte abwechselnd als Schlaginstrument und als Streichelobjekt. Beide Arten waren erregend, aber die härtere Variante kam noch besser bei mir an.

Sie zielte mit den Enden der Gerte auf meine Pospalte, traf und zog sie von hinten nach vorn und zurück. Immer wieder. Der Druck ihrer Hand wurde stärker, je höher meine Zunge über die glatte Haut ihrer hellen Schenkel glitt. Ich leckte und leckte. Sie rührte sich nicht und meine Zunge glitt wie eine züngelnde Schlange immer höher. Als die Gerte besonders kraftvoll herabzischte, stieß ich meinen Kopf mit einem Ruck vor und stöhnte meine Geilheit in ihren Schoß.

Ihre Stimme nahm augenblicklich einen heiseren Ton an. »Wie kannst du es wagen! Habe ich dir das erlaubt?«

Ich ignorierte ihre Empörung, die ganz sicherlich nur gespielt war und zog meine Beine auseinander. Ich war nach ihren Hieben gierig geworden und hoffte, sie würde mich hart rannehmen. Sie musste doch fühlen, was ich brauchte. Und ja, sie fühlte es. Und wie sie es fühlte! Die Schläge wurden härter, brutaler. Ich stieß meine Zunge tief in ihren weiblichen Schlund.

»Was fällt dir ein ...!« Sie kam aus dem Konzept, verlor die Kontrolle. Der nächste Hieb tat weh. Es fühlte sich an, als wollte sie mich jetzt dafür bestrafen, dass ich sie in solche Lust versetzte. Damit hatte sie nicht gerechnet. Das war so nicht geplant von ihr. Ich hatte sie überrascht. Sie konnte nur noch mit der Gerte kontern. Das Teil schoss herab, unbarmherzig, traf die empfindlichsten Stellen an meinem Geschlecht. Mein Schwanz krümmte sich zusammen und richtete sich unverzüglich wieder auf. Meine Hoden versuchten, den Schlägen einerseits auszuweichen, um sich dann andererseits sofort wieder vorzuwölben.

Ich vergrub mich mittlerweile regelrecht in ihr. Mein Mund hatte sich vollkommen festgesogen. Meine Lippen blieben unnachgiebig und meine Zunge bohrte sich in ihre weibliche Frucht. Die feuchte Blüte öffnete sich langsam, aber unweigerlich, und unterwarf sich schließlich meiner Zunge. Das Schönste war, sie konnte absolut nichts gegen die ausbrechende Lust in ihrem Unterleib tun, war völlig machtlos ihrer eigenen Geilheit gegenüber geworden. Ihr lächerlicher Versuch, mich mit Schlägen daran zu hindern, sie zu befriedigen, scheiterte völlig, denn jeder Hieb trieb mich nur noch tiefer in ihre feuchte Grotte.

Es kam der Zeitpunkt, als ihre Lust nicht mehr aufzuhalten war. Ich schmeckte die ersten Tropfen auf meiner Zunge. Dann füllte sich mein Mund mit dem lüsternen Elixier. Der Geschmack war einzigartig: samtig, süß, sinnlich, salzig. Ich hätte ewig davon trinken können. Die Gerte strauchelte in ihrer Hand. Aus dem Schlagen war Streicheln geworden.

Die Zeit war gekommen. Ich zog ihr seidenes Kleid mit einem Ruck hoch, zerriss es fast, zog sie aus dem Sessel heraus, auf den kalten Terracotta-Boden. Da lag sie vor mir, wimmernd vor Lust. Ich sah die stumme Bitte in ihren Augen, sie zu nehmen. Sagen konnte sie mir das nicht. Ich setzte mich auf sie und stieß meinen Harten direkt in ihre tropfende Nässe. Schwüle Hitze empfing ihn und zog ihn hinab, bis auf den Grund ihrer Verdorbenheit. Die Schamlippen schlossen sich fest um mein Geschlecht. Die fleischfressende Pflanze hatte ihre Beute eingefangen und war ihr trotzdem erlegen ...

Mit aller Kraft stieß ich unablässig in diese aufgewühlte Schlucht. Sie lag mit zusammengepressten Lippen und geschlossenen Augen da, versuchte keine Regung Preis zu geben. Ich konnte nur ahnen, wie geil ich sie machte. Die Gerte fiel aus ihrer Hand, war nutzlos geworden. Ihre Gesichtszüge verzerrten sich. Sie musste die Lippen öffnen, um den heißen Atem auszustoßen.

Ich lächelte böse. Ich würde sie lehren, wie sie mich einzuschätzen hatte, was sie von mir erwarten konnte. Sie hatte mich unvorsichtigerweise schlecht behandelt und gedemütigt.

Ich stieß mit meinen harten Degen gnadenlos zu, bis sie mehr als genug haben musste. Alle Versuche ihrerseits, ihre überfließende Lust herunterzuspielen, scheiterten kläglich. Ich konnte sie mühelos auf den Höhepunkt zu treiben lassen ...

***

Sie ist meine beste Stammkundin geworden. Bei jedem Besuch kauft sie ein Paar meiner schönsten Schuhe. Schuhe, die ich vorher sorgfältig mit meiner Zunge saubergeleckt habe. Schuhe, die sie schon trägt, während ich sie befriedige und sie rein gar nichts gegen die Lust machen kann, die ich ihr verschaffe, während sie mich dafür bestraft.

Mein Schuhfetisch hat durch sie die höchste Stufe sexueller Vollkommenheit erreicht.

SchweissPerlen

Ein Freund von mir hatte im Herbst ein Sommerhaus in Kanada gemietet und ich, John, war unter den glücklichen eingeladenen Wochenendgästen dabei. Die illustre Gruppe bestand aus Pärchen, sowohl weiblichen als auch männlichen Singles verschiedener Altersgruppen. Unser bunt gemischter Haufen war zufällig, aber wunderbar passend, zusammenge-würfelt. Ich kann mich an wenige Wochenenden in meinem Leben erinnern, an denen ich mehr Spaß gehabt hatte. Das Bauernhaus war groß genug für alle und wir schliefen in Räumen, die wie Schlafsäle waren. Gekocht, gegessen und getrunken wurde zusammen in einer schönen Küche. Wir spielten Gesellschaftsspiele, wanderten, kickten Fußball am Strand und stellten sogar eine Schnitzeljagd auf die Beine. Es war ein bisschen wie früher als Kind in einem Landschulheim oder als Pfadfinder im Zeltlager. Wir waren restlos entspannt, es gab überhaupt keinen Stress untereinander. Ich werde dieses Herbstwochenende aus vielen Gründen nie vergessen.

***

Einer der Gründe, warum dieses Herbstwochenende von so beeindruckender Wirkung auf mich blieb, war mein erster Saunabesuch. Ich hatte bis dato weder eingehender über mög-liche Freuden des Saunierens nachgedacht noch war mir die Gelegenheit dazu in den Schoß gefallen.

Doch hier, zum Greifen nahe, beschloss ich, dem heißen Holz-verschlag, ganz romantisch unter alten Bäumen gebaut, einen

Besuch abzustatten. Es waren einige, die Lust aufs Schwitzen hatten. Ich saß da, zwischen den nackten Leibern, und bemühte mich, nur wie rein zufällig, auf weibliche Brüste und zwischen weibliche Schenkel zu gucken. Es fiel mir schwer. Ich schwitzte als einer der Ersten, und das nicht nur, weil es so unglaublich heiß in der Sauna war. Außer mir schienen alle ohne Hintergedanken ganz entspannt zu sein. Aber was war es, das mich an den nackten Körpern so erregte? Ich hatte schon oft fremde nackte weibliche Körper gesehen und es war nie mehr als der normale Grund zur Aufregung wert gewesen. Aber hier, in dieser stickigen Hitze, da erschienen mir die nackten weiblichen Körper als ganz besonders erregend. Es dauerte einige Zeit, bis ich begriff, was hier anders an ihnen war und was mich so erregte.

Es war der Schweiß, der sich bei dem exzessiven Schwitzen auf dem Körper bildete, der aus den Poren heraustrat. Erst tröpfelnd, dann sickernd, zum Schluss strömend. Der langsam über die Haut lief, der sich an den Brustspitzen verfing, in den Bauchnabel tropfte und im Schoß hängenblieb. Der Schweiß veränderte die Haut, die Formen, die Haare und warum auch immer, machte mich diese Veränderung unglaublich an.

Als ich merkte, wie mein Glied auf diese Reize reagierte, beeilte ich mich, raus aus der Hitze und rein in das kühle Meer zu kommen, bis mein Kopf wieder klar und mein Körper beruhigt war. Es wäre undenkbar gewesen, welche Spuren meine offensichtliche Erregung in dieser Gruppe hinterlassen hätte.

***

Von diesem Wochenende an, wurde ich ein passionierter Saunagänger. Ich suchte mir die in Frage kommenden Möglichkeiten des öffentlichen Saunaangebotes heraus und war überrascht, wie viele es von diesen Einrichtungen gab. Da war jahrelang etwas Entscheidendes an mir vorbeigegangen. Ich beschloss umgehend, das nachzuholen.

Zwei Mal die Woche wollte ich mich diesem Vergnügen nun hingeben. Zur Einstimmung davor oder einfach auch zwischendurch richtete sich mein Interesse auf die erotischen Filme, in denen sich schwitzende, schweißnasse Körper aneinanderrieben und es miteinander trieben. Ich bedauerte auf einmal nicht mehr, dass ich Single war, sondern empfand es als entspannend, mich nur um mich und meine neu entdeckten Bedürfnisse zu kümmern.

Wenn ich in die öffentlichen Saunen ging, setzte ich mich möglichst nach ganz oben, den Unterleib züchtig mit einem meine Erregung verbergenden Handtuch bedeckt und betrachtete die schwitzenden Körper von oben herab. Kamen neue Frauen in den Saunaraum, betrachtete ich ihre Körper nur kurz und abschätzend und wartete darauf, dass sie zu schwitzen anfingen. Erst dann wurden sie für mich interessant.

Die wöchentlichen Saunagänge hielten mich fit, in umfassender Hinsicht. Ich gewöhnte mich schnell an die heftige Hitze und dank eines guten Kreislaufsystems hielt ich es länger in der Hitze aus, als viele andere. Wurde es mir doch zu warm, verschwand ich eine Zeitlang in der Biosauna, in der mich die Wärme in farbigen Wellen nie heißer als sechzig Grad einhüllte.

Von besonderem Vergnügen waren die heißen Aufgüsse für mich, von fachmännischer Hand zubereitet. Wenn es dampfte und zischte und der Schweiß in Bächen die Körper herunterlief, sich überall sammelte und die Haut verführerisch zum Glänzen brachte. Wenn sich die Brüste unruhig hoben und senkten, der Schweiß von den Spitzen tropfte, sich die Schenkel öffneten, um ein bisschen Luft in die nassen Schöße zu lassen.

Nach den Aufgüssen verweilte ich noch einige Zeit, bis sich meine Erregung gelegt hatte und ich mit erschlafftem Glied und einigermaßen sicheren Schritten der Hitze entkommen durfte.

Ich musste peinlich genau aufpassen, nicht als Spanner entlarvt zu werden. Das sah man nicht gern in den Saunakreisen. War doch das schwitzende Ritual ausschließlich dazu da, sich frei und ohne Hintergedanken bewegen und entspannen zu können.

***

Und dann trat SIE in mein Leben …

***

Ich hatte mir den Tag freigenommen um in eine Bade- und Saunalandschaft außerhalb der Stadt zu fahren. Einen ganzen Tag lang schwitzen und spannen. Ich hatte mir abends noch einen besonders heißen erotischen Streifen zu meinem Lieblingsthema angesehen und war nach diversen handgemachten Aktivitäten entspannt eingeschlafen.

Ich war also bester Laune, als ich die Saunalandschaft betrat, ihre schier endlosen Schwitzmöglichkeiten begutachtete und mich auf die angekündigten Aufgüsse freute.

SIE lernte ich bei der »Orientalischen Orangenblüte« kennen. Eine sinnlich, verführerische Aufgussmischung. Ich hatte mich wie immer nach oben gesetzt, mein Handtuch an die richtige Stelle gelegt und betrachtete in kurzen Momenten die weiblichen Körper um mich herum. Der Raum füllte sich. Als Letzte betrat eine Frau den Raum, die mich merkwürdigerweise schon mit trockener Haut interessierte. Da war etwas in ihrer Haltung, das mich sofort anzog. Freudig fing ich ihren Augenaufschlag auf, während sie sich nach einem möglichen Platz umsah. Unsere Blicke kreuzten sich wie zwei Klingen. Ich wäre vor diesem Blick zurückgewichen, wäre das möglich gewesen.

Sie schob sich auf eine Bank zwischen zwei Männern direkt unter mir. Ich konnte die Augen nicht mehr von ihrem Körper lösen. Die Aufguss-Zeremonie begann und es wurde schnell heiß. Sinnlicher Duft strömte durch den Raum. Angeregt wartete ich auf die ersten Reaktionen ihres Körpers, auf die ansteigende Hitze. Ich hatte Glück. Sie schwitzte augenblicklich. Die ersten Schweißperlen tauchten überall aus ihren Poren auf und bedeckten schon bald die gesamte helle Haut. Ihr Körper war als ebenmäßig zu bezeichnen. Insgesamt schlank, mit mandarinenförmigen, absolut gleichmäßigen Brüsten, auf deren Mitte eine jeweils harte kleine Spitze thronte, die sich durch ihre glänzende Oberfläche einen bleibenden Eindruck bei mir verschaffte. Das mittellange, glatte helle Haar fing an, sich im Nacken zu kräuseln. Sie bog ihren Hals etwas zur Seite, fast so, als wenn sie mir einen besseren Blick ermöglichen wollte, und lehnte sich dabei ein wenig zurück, sodass ihr Rücken meine Beine berührte.

Ich verfolgte die Perlen aus Schweiß, wie sie anfänglich über ihre Brüste krochen, dann schneller flossen und schließlich geradezu strömten, wie sie die kleinen Spitzen in Nässe hüllten, danach den flachen Bauch bedeckten und letztendlich weiter nach unten rannen. Sie spreizte die Schenkel ein wenig, sodass ich den Verlauf der Nässe verfolgen konnte. Mein Schwanz wurde so hart dabei, dass ich ihn gern mit beiden Händen fest umklammert hätte.

Es schien, als waren die glitzernden Tropfen einzig und allein dazu bestimmt, in der Mitte ihres Schoßes zusammenzulaufen und dort alles unter Wasser zu setzen, bevor sie in ihrem Handtuch versickerten. Mein Atem wurde schwer. Sie war vollständig rasiert. Ihre Schamlippen hielten den Mittelpunkt ihres Geschlechts noch verborgen, aber ich konnte sehen, wie es sich in ihrem Schoß veränderte. Wie von Zauberhand glitten die beiden schmalen Schamlippen auseinander. Einen Hauch breit öffneten sie sich, gerade genug, dass ihr Kitzler für mich sichtbar wurde. Und genau darauf fielen die Schweißperlen Tropfen für Tropfen. Ich stöhnte lautlos.

Sie schwitzte so unglaublich erregend für mich, dass ich von so viel tropfender Sinnlichkeit beinahe erschlagen wurde. Ich hörte sie leise seufzen und hatte das Gefühl, der Laut würde mir gelten. Dann sah ich, wie ihre Hand sehr langsam, wie zufällig, an der Innenseite eines Schenkels hochglitt und für den Bruchteil eines Moments den Schweiß von ihrem Kitzler wischte. Ich hätte einiges darum gegeben, kommen zu können.

Die Aufguss-Sitzung war zu Ende. Bebend und hoch erregt sah ihr hinterher, wie sie langsam und sinnlich zur Tür schritt. Ihr straffer, wohlgeformter Hintern machte mich unglaublich an. Ich musste noch sehr lange in der Hitze aushalten, bis ich wieder erektionslos war.

Als ich unter der Dusche stand, brauchte ich einige eiskalte Schauer, um mich in den Griff zu bekommen. Zur Sicherheit tauchte ich in jedes einzelne der frostigen Becken ein – das hatte ich noch nie gemusst – und ließ zusätzlich das kalte Wasser aus dem dicken Schlauch auf meinen erhitzten Körper prasseln, bis er endlich abkühlte. Als ich einigermaßen wieder Herr über meinen Körper war, machte ich mich auf die Suche nach ihr.

***

Nach langem Suchen fand ich sie in einem der Ruheräume. Züchtig in eine Decke gehüllt, mit einer Zeitschrift in der Hand. Wieder kreuzten sich unsere Blicke. Es blitzte lüstern in ihren smaragdgrünen Augen auf, als ich mich auf die Liege neben sie legte. Ihr Mund formte sich zu einem »Hallo«. Bei dieser Konversation blieb es zwischen uns. Mir fiel einfach nichts ein, was ich zu ihr hätte sagen können. So lagen wir schweigend nebeneinander.

***

Nach einiger Zeit erhob sie sich, schenkte mir einen betörenden Augenaufschlag und verließ mich. Ich zögerte einen Moment zu lange, sofort hinter ihr herzugehen, und als ich aus dem

Ruheraum herauskam, war sie verschwunden. Ich schimpfte mich den wohl dämlichsten Idioten überhaupt und machte mich auf die Suche nach ihr.

Die Saunalandschaft wurde zum Labyrinth. Ich suchte wirklich überall und die langsame Erkenntnis, sie könnte einfach gegangen sein, pochte wie ein dumpfer Hieb in meinen Lenden. Ich suchte in den Saunen nach ihr, im Außenbereich, an den Bars und war schon nahe dran, aufzugeben, als ich das kleine Schild zum Dampfbad sah. Ich hatte nur einmal kurz ein Dampfbad betreten und schnell herausgefunden, dass man in dieser dampfenden Variante, trotz vieler Nässe und Feuchtigkeit, nur wenig sehen konnte.

Aber ich war plötzlich zuversichtlich: Dort würde ich sie finden. Zaghaft öffnete ich die schwere Holztür. Dichter feuchter Nebel hüllte mich umgehend ein und zog mich geradezu magisch hinein. Ich tastete mich in kleinen Schritten vorwärts und sah mich suchend um. Was ich in der trüben Materie ausmachen konnte, waren drei verschiedene Paar Unterschenkel, von denen zwei weiblicher Herkunft sein konnten. Ich zögerte einen Moment, dann setzte ich mich. Ich hatte nichts zu verlieren. Wenn sie hier nicht sein würde, war sie gegangen und das ohne mich.

Die feuchte Wärme war verklärend angenehm. Ich saß da und starrte in den Dampf, der mich langsam benebelte, und hörte, wie die Tür sich öffnete und schloss. Mir gegenüber befand sich nur noch eine Paar Beine. Der Dampf lichtete sich etwas.

Und dann sah ich SIE! Sie war es tatsächlich ... Sie saß da und starrte mich an. Langsam öffnete sie ihre Beine. Es glänzte verlockend. Ich konnte keine Details erkennen, aber ich kannte ihre süße Frucht ja schon in Ansätzen. Was ich nicht sehen konnte, malte ich mir aus. Ihre Hände rutschten langsam über den Körper zu ihren feuchten mandarinenförmigen Brüsten, nahmen die satten tropfenden Spitzen zwischen Zeigefinger

186

und Daumen und rieben sie hart. Dabei bog sie ihren Kopf nach hinten, wölbte den Körper vor. Mir lief der Schweiß in die Augen und brannte höllisch.

Ihr Seufzen wurde durch die dampfende Feuchtigkeit zu mir herübergetragen. Ich konnte mich nicht erinnern, eine Frau jemals sinnlicher seufzen gehört zu haben. Dann ließ sie abrupt die hart gewordenen Spitzen los und streichelte ihren Bauch, die Innen- und Oberseiten ihrer Schenkel. Ich fieberte förmlich dem Moment entgegen, bis sie sich dort anfassen würde ...

Unter halb geschlossenen Augenlidern blickte sie zu mir herüber, sich ihrer aufsteigenden Macht über mich wohl bewusst. Durch die Feuchtigkeitsschwaden hindurch lächelte sie mich an, machte mich süchtig nach ihrer glänzenden Haut. Ihre Lippen öffneten sich, genau wie ihre Schenkel. Ich sah die hellrote Zunge ihre Lippen streicheln. Und endlich fasste sie sich an. Mit den Fingerspitzen glitt sie zwischen ihre Schamlippen und fing an, mit sanften, vibrierenden Bewegungen die eigentliche Mitte ihrer Sinnlichkeit zu stimulieren.

Es wurde mir so heiß in diesem Dampfbad, dass ich mehr als bei jedem orientalischen Aufguss schwitzte. Mein Schwanz war hart geworden, hatte sich vorgeschoben und meine Hoden zitterten. All das sah sie und bedankte sich damit, dass sie mir ihre lüsterne Gier so vollkommen schamlos präsentierte, sich mit Wonne und Wollust daran verging. Ihr Reiben wurde immer mehr, immer schneller, bis sie sich aufbäumte, ihr Gesicht verzerrte und laut und lange stöhnte.

Es ging schnell und sofort danach kam sie auf mich zu. Der stetige Dampf hüllte sie für einen Moment fast vollständig ein, und als ich sie wieder erkennen konnte, kniete sie bereits vor mir. Sie tastete sich mit den Fingern an meinen Schenkeln zu meinem Schwanz hoch. Ich stöhnte befreit, als sie ihn anfasste.

Ihre Hände zauberten mein Teil hart. Ihre Griffe waren sanft, aber kompromisslos. Schemenhaft sah ich ihre Bewegungen an meinem sensiblen Schwanz. Spielend tanzten ihre Fingerkuppen darauf herum. Mein Unterleib rutschte ihrem Mund entgegen und ich sah, wie sie die schönen Lippen öffnete, bevor neuer Nebel ihren Kopf verhüllte.

Die Art, wie sie mich oral befriedigte, war entweder einzigartig oder es lag an dem einzigartigen Ort, an dem sie es mit mir tat. Vielleicht war es aber auch die einzigartige Kombination aus beidem. Alles glitt so leicht an mir hoch und runter. Ihre Lippen hingen zärtlich an meinen Schwanz. Es war der absolute orale Höchstgenuss, den mir diese Unbekannte bescherte.

Mein Schwanz reagierte auf ihre Stimulation mit trotzender Härte. Die Gier zitterte in meinen Hoden. Ich konnte nichts zurückhalten. Die Geilheit fing an zu fließen, schoss von ganz tief hoch und strömte heraus. Ich fühlte die nasse Lust auf meinem Bauch, meinen Schenkeln und sah für kurze Augenblicke die roten Lippen, dahinter die weißen Zähne, dazwischen die helle Zunge. Alles tropfte nur so von Feuchtigkeit, der erregenden Mischung aus meinem Saft, unserem Schweiß, ihrer Spucke und den Dampfschwaden.

Ich keuchte nach Luft. Es war noch auszuhalten in dem Dampfbad. Aber es wurde langsam zur Herausforderung, unter solchen heißen Einflüssen, nicht ganz den Atem zu verlieren.

Ich streckte meine Hände nach ihr aus, zog sie hoch auf meinen Schoß. Sie kletterte geschickt in Position auf meinen nassen Schenkeln. Ihr feuchter Körper kam nahe. Ihre Brustspitzen berührten meine, rieben sich an mir. Sie lehnte ihren Kopf an meinen Hals, um sich dort festzusaugen.

Meine Finger vergruben sich in ihrem Hintern. Ich zog sie so nahe es möglich war zwischen meine Schenkel. Sie stieß sich ein Stück hoch, sodass mein Schwanz in sie eindringen konnte. Dann setzte sie sich auf mich. Wir verschmolzen sofort miteinander. Ihre enge Möse schmiegte sich an meinen Harten. Sie stellte ihre Füße neben meine Schenkel, um sich bei jeder meiner Hüftbewegungen hoch- und runterziehen zu lassen.

Das Klatschen ihrer Schenkel auf meinen war ein erotischer Hörgenuss. Ich fand schnell einen für uns beide richtigen Rhythmus und wir glitten auf und ab. Ich glaube nicht, dass ich jemals tiefer in einer Frau gesteckt hatte als in dieser.

Mein Schwanz strotzte nur so vor Kraft und Potenz. Alles, was in ihm steckte, sollte ihr zugutekommen, ihrer triebhaften Möse, die unersättlich schien.

Sie keuchte Worte in mein Ohr, die mir in dieser Obszönität unbekannt waren. Worte, die nur für mich gemacht waren und die mich vorwärtstrieben. Der dampfende Raum füllte sich mit unseren Liebeslauten, mit dem Keuchen nach Luft und mit dem Geräusch zu Boden fallender schwer gesättigter Wassertropfen.

Ich dachte nicht daran, jemand könnte hereinkommen. Ich fühlte mich so weit weg von der restlichen Welt, war komplett eingehüllt in diese dampfende, unwirkliche Atmosphäre. Mein Denken war so benebelt wie mein Körper. Nichts sonst existierte, außer sie und ich.

Ihr langes, jetzt nasses Haar traf mein Gesicht wie kleine Eispickel, während sie den Kopf vor- und zurückwarf. Ich genoss jede dieser Berührungen.

Ihre kleinen Brüste hüpften bei jedem Stoß fröhlich auf und ab. Ich gab mir große Mühe, ihr die größte Lust zu verschaffen. Es war so erregend, mich in sie zu schieben, und sie nahm meine Potenz willig auf, ließ sich hochstoßen und wieder mit herabziehen. Es fühlte sich an, als würden wir sogar gemeinsam zum Gipfel der Lust klettern können.

Und dann raste er heran, unser gemeinsamer Orgasmus! Es war wie ein donnernder Sturzbach, der über uns rüberspülte, wie ein tosender Wasserfall, der auf uns prasselte. Er riss uns mit sich fort ...

***

Ich hatte meine Augen geschlossen. Nur für einen kurzen Moment. Ich musste mich sammeln, gedanklich und körperlich, bevor ich aus diesem jetzt fast kochenden Bad wieder rausgehen konnte. Als ich meine Augen öffnete, sah ich wenig. Der Dampf schob sich wie eine nebelige Wand vor mich. Die Tropfen wurden dicker und gesättigter, hüllten mich ein in eine Hitze, die ich jetzt nicht mehr ertragen konnte. Ich musste raus, brauchte Luft.

Doch wo war sie? Ich tastete vor und neben mich. Da war niemand. Das klappende Geräusch der zufallenden Tür war zu hören. Ich konnte allerdings nicht erkennen, ob jemand reinkam. Aber wenn es jemand tat, dann war es auf keinen Fall sie.

Ich stürzte atemlos aus dem Dampfbad. Sie war nirgends zu sehen. Doch als erstes musste ich unter die eiskalte Dusche, brauchte lange, um von meinem lüsternen Höhenflug runterzukommen. Aber es fühlte sich nicht an, als ob selbst das kälteste Wasser kalt genug für mich sein konnte. Ich schob mich unter den prasselnden breiten Strahl des Wasserfalls, aber auch der kühlte mich nicht genug ab.

Dann, als endlich etwas Besserung in meinen überhitzten Körper trat, suchte ich sie weiter, überall. Aber sie war und blieb verschwunden. Ich sah sie nicht wieder.

***

Schließlich legte ich mich in einen der bequemen Liegestühle. Ich musste eine Weile ausruhen, so aufgewühlt, wie ich innerlich noch war. Und während ich dalag und mich dösender Schlaf übermannte, stellte ich in Frage, ob es diesen weiblichen nassen Körper überhaupt gegeben hatte ...

GRATIS

»LIEBESPUPPE«
VON PAULA CRANFORD
DIE EROTISCHE INTERNET-STORY
MIT DEM GUTSCHEIN-CODE

PC1TBRTDM

ERHALTEN SIE AUF
WWW.BLUE-PANTHER-BOOKS.DE
DIESE EXKLUSIVE EROTISCHE ZUSATZGESCHICHTE
ALS E-BOOK IN DEN FORMATEN
PDF, E-PUB UND KINDLE (MOBI).

REGISTRIEREN SIE SICH EINFACH ONLINE ODER
SCHICKEN SIE UNS DIE BEILIEGENDE
POSTKARTE AUSGEFÜLLT ZURÜCK!

Weitere erotische Geschichten:

Eve Passion
Wildes Verlangen

12 wilde Kurzgeschichten,
die all Ihre Sinne auf Reisen schicken.

Vom erotischen Flaschengeist,
über den impulsiven Anführer,
Dem Naturburschen von der Insel
bis hin zum betörenden Blind Date ...

Im Kopf welcher Frau
fühlen Sie sich am wohlsten?
Probieren Sie es aus!

Weitere erotische Geschichten:

Amy Walker
Geheime Begierde

Was macht einen Seitensprung zum Seitensprung? Und was ist, wenn der eigene Mann das sogar erlaubt?

Als Annabell zum ersten Mal einen SwingerClub betritt, spürt sie, dass eine dunkle Seite tief in ihrem Inneren darauf wartet, entfesselt zu werden.

Getrieben von dem Verlangen nach der Lust, tastet sie sich zusammen mit ihrem Mann immer näher an ihre Grenzen heran.

Doch ein Tabu bleibt: Der Sex mit einem anderen. Doch setzt sie wirklich ihre Ehe aufs Spiel, um sich einem Fremden hinzugeben?

Kira Page
DreamLust 12 Erotische Stories

12 erotische Kurzgeschichten, die Ihnen unter die Haut gehen. Garantiert!

Im Motel mit dem fremden Anhalter
Mit dem geheimnisvollen Nachbarn
Ein Vierer mit den geilen Mexikanern
Mit dem Nerd am Arbeitsplatz
Im Schneechaos mit dem Fremden
Ein Dreier mit dem Cop
Eine Massage der erotischen Art
Mit dem Freund des Sohnes ...

Heiße Lust verpackt in fesselnde Storys.

Trinity Taylor
Gib's mir! 7 Erotische Stories

Trinity Taylor schafft es immer wieder zu fesseln.

In diesen sieben Kurzgeschichten geht es erneut heiß her. Verborgene Wünsche und Sehnsüchte werden in wilden, erotischen Nächten ausgelebt.

Ob mit einem Unbekannten in seinem Haus oder mit dem respektlosen Camper im Wald ...
Wenn die Lust erst geweckt ist, kann auch die zögerlichste Frau einem geilen Mann nicht widerstehen ...